RESTOU O CÃO

LIVIA GARCIA-ROZA

Restou o cão

e outros contos

Copyright © 2005 by Livia Garcia-Roza

Capa
Rita da Costa Aguiar

Foto da capa
Thyago Nogueira

Foto da quarta capa
Regina Stella

Preparação
Maria Cecília Caropreso

Revisão
Carmen S. da Costa
Isabel Jorge Cury

Os personagens e as situações desta obra são reais apenas no universo da ficção; não se referem a pessoas e fatos concretos, e sobre estes não emitem opinião.

Dados Internacionais de Catalogação na Publicação (CIP)
(Câmara Brasileira do Livro, SP, Brasil)

Garcia-Roza, Livia
    Restou o cão / Livia Garcia-Roza — São Paulo : Companhia das Letras, 2005.

    ISBN 85-359-0603-7

    1. Contos brasileiros I. Título.

04-8845   CDD-869.93

Índice para catálogo sistemático:
1. Contos : Literatura brasileira 869.93

[2005]
Todos os direitos desta edição reservados à
EDITORA SCHWARCZ LTDA.
Rua Bandeira Paulista, 702, cj. 32
04532-002 — Sao Paulo — SP
Telefone (11) 3707-3500
Fax (11) 3707-3501
www.companhiadasletras.com.br

Sumário

E aí..., 7
Madame Rapunzel, 11
Saco, 17
Natal em Nebraska, 23
Essa menina, 27
Wallace, 31
Sexo, 35
Cristina, 39
Viajando, 43
Jason, 49
O carneirinho, 53
Carta para mamãe, 57
Saída da infância, 61
Restou o cão, 67
Instruções, 71
Miss Jaqueline, 75
Fim da película, 79
Bambino d'oro, 81
Logo hoje, 85
O espelhinho, 89
Papoulas, 93
Teatro, 97
Os sessenta, 99
Minha flor, 105
Ossos do ofício, 109

E aí...

E aí, quando eu morava em Icaraí... rimou, viu? eu passeava descalça pelo telhado da minha casa, abraçando as telhas com os dedos dos pés, tentando me equilibrar, e com a camisola que quando eu a vestia meu pai me chamava de Tiradentes. Minha mãe tocava harpa. Bolhas e mais bolhas na ponta dos dedos, até formarem calo de sangue. Quando as cordas rebentavam, e rebentavam sempre, ela dizia: Ai, meu sol! Foi assim que mamãe nos afinou. Meu avô dizia que minha avó era a pessoa mais detestável que ele conhecia, mas fez bodas de ouro com ela. Uma festa em que os velhos, parecendo aranhas carregadas, mal se sustentavam nas cadeiras. Nesse dia, vovó espalhou batom nas bochechas, pintou as unhas de rosa-rei e vestiu um vestido cheio de pedrarias, e meu avô pôs o terno sobre o pijama. Durante a festa, a todo momento vovó dizia: Ufa! Mas não devia estar com a dor de cabeça permanente que dizia que tinha, uma espécie de leque de copeira na cabeça apertando seus miolos. Antes de sair, mamãe escovou seus cabelos crespos e pôs o vestido que ela usava para todas as festas. Papai não dava dinheiro para comprar roupa. E mamãe não reclamava. Ela era educada. Tocava harpa, já disse. Quando eu me distraía, meu irmão vinha por trás e lambia meu rabo-de-cavalo. Às vezes, parecia que eu tinha saído do banho. Meu pai cumprimentava o cachorro quando chegava em casa, querendo ser amigo dele, até que um dia o cachorro o mordeu. Então meu tio pediatra correu até a nossa casa, fez o curativo no braço do meu pai, que, descabelado e com olhos desacertados, se dizia traído pelo animal. Assim ele falava: animal. Minha bicicleta foi roubada três vezes, e três vezes apareceu a Margarida. Ficou sendo seu apelido. O nome era igual ao meu. Meu irmão mais velho era um caçador noturno das babás da vizinhança. De madrugada, de cuecas, pulava muros, cruzando quintais, saltando feito sapo. Ele nunca respondia às perguntas que fazíamos. Sempre com ouvidos nos quintais alheios. De vez em quando tinha cãibras noturnas, então gritava, e papai e mamãe subiam correndo as escadas, e depois ela passava bálsamo de bengué nas pernas dele. Foi assim que ele se viciou. Quando todos dormiam, eu pegava meu travesseiro e o lençol, e ia para o quarto deles dormir na cama do meu irmão menor. Acordava com meu pai me chamando de menina encagaçada. O quitandeiro levou nossa cachorrinha vira-lata embora. Ela foi pulando dentro do cesto, uivando, e nós ficamos chorando sentados em cima da cisterna. Todas as noites meu pai ia verificar a altura da água da cisterna. Levava o *flash light* (como ele chamava a lanterna) e um dos filhos para segurar a tampa. Quando era a minha vez, eu olhava para o céu, e a noite tinha olhos azuis. De vez em quando brincávamos de casinha no fundo do quintal. Várias vezes casei com meus irmãos, e eles com a minha prima. Mas nunca tivemos filhos. E nenhum casamento deu certo. Um dia, minha prima ficou tão doente, mas tão doente, que parecia uma menina de giz, então não pôde nadar na piscina de Friburgo que papai contava que tinha um índio no fundo respirando por um bambu. Na serra, quando anoitecia, meu irmão ficava esperando o sapo que vinha visitá-lo. Ele demorava para chegar porque tinha que percorrer cada azulejo da varanda. Aos pulos. Depois de muito tempo, minha prima ficou boa e foi ser cantora. De ópera. *La donna è mobile*. Como eu não arranjava namorado, mamãe dizia que meu príncipe encantado devia estar com problemas com seu cavalo. Então perguntei se eu podia me divertir com os cavalinhos que apareciam enquanto o príncipe não chegava. Ela disse que não gostava de menina saliente. Levei um tempo enorme para ter peito e bunda. Todos os dias vigio para ver se estão no lugar. Meu irmão que lambe cabelo sumiu dentro de um bueiro com a bicicleta. Foi o desaparecimento mais rápido a que assistimos. E meu outro irmão levou um tombo na quadra de basquete e ficou desmiolado. Papai mandou que eu fosse lá com urgência buscar a memória do meu irmão. Os jogadores não souberam informar, mas riram à beça. Um dia, meus pais viajaram ao Rio Grande do Sul e me trouxeram uma roupa de presente. Passeei na praia vestida de gaúcho. Foi outro momento de gargalhada. A folha de taioba quando é mergulhada volta seca. Ficamos cansadas, minha prima e eu, de tentar fazer com que ela se molhasse. Repetimos a operação não sei quantas vezes, e acabamos com a roupa encharcada. À noite, jogávamos baralho de flores, às vezes brigávamos durante a partida, aí voavam flores para todos os lados. Quando mamãe resolvia nos bater, batia nos três, depois ficava cansada, chorava, e dizia que ia para Pirapora. Nunca ela soube explicar a razão dessa escolha. Meu irmão lambedor de cabelo entrou dentro da cômoda e ela virou com ele. Ficou soterrado no meu quarto, ao lado da minha cama. Eu vi a ponta dos dedos dele desenhando no ar sos. Quase perdeu todos os artelhos. Meus pais não estavam, então gritei pelos vizinhos, que apesar de surdos vieram nos socorrer. Por causa do que aconteceu, meu pai passou a me chamar de Helena de Tróia. Minha tia, que era inglesa, dizia que de todas as crianças eu era a peor. E meu tio tocava a toda hora no piano *um elefante amola muita gente*. No dia do aniversário, meu primo engasgou com uma pedra de gelo, meu avô deu um pulo da cadeira de palhinha e acertou um soco nas costas dele, a pedra voou longe, e meu avô caiu pra trás com os óculos tortos na cara. Minha avó dizia que eu tinha orelha de abano, joelho da vaca Clarabela e voz de homem. Jamais poderia ser cantora. Como ela sabia quem era a Clarabela? Uma vez, em que meus irmãos jogavam futebol na varanda, eu pedi para dar um chute. Deixaram. Acertei no jornal que meu pai lia. Ele levantou urrando, apertando a bola contra o peito, e pegou uma faca para furá-la; não conseguindo, isolou a bola. Então, virando-se para mim, acertou um bico na minha bunda, eu voei e minha avó gritou: Olha a virgindade dela! E eu fui parar de cabeça pra baixo no divã.

Acabou? Era assim? Pra eu falar qualquer coisa?

Madame Rapunzel

Mamãe disse que estávamos indo à casa de Rapunzel. A casa da Rapunzel? Na torre? Ou ela já está casada com o príncipc?, perguntei. Não, é a Madame Rapunzel, depois te explico, e mamãe pediu que eu não fizesse mais perguntas porque já estávamos chegando e tocando a campainha. Alta, clara, robe rosa arrastando no chão, unhas compridas cintilantes que estalavam ao passarem pelos cabelos louros, Madame Rapunzel abriu a porta e nos convidou para entrar. Mal nos sentamos, ela cobriu os olhos com uma das mãos, dizendo que estava se concentrando, e abaixou as pálpebras, mas não fechou direito os olhos. Onde estava a menina? E a bruxa banguela irrompeu na porta da cozinha oferecendo café. Ha Ha Ha. Pulei no colo de mamãe, e ela disse o que é isso, modos. Pela porta da bruxa, entraram muitos passarinhos que revoaram devagar pela sala. Eles mal podiam se movimentar porque estavam fracos e depenados. Apontei-os para mamãe, mas ela deu uma rápida olhada e não viu nada.

— *Esta moça*

De trança longa e macia
É prisioneira da bruxa
Numa torre alta e sombria... — recitei, baixo.

— Oh!, ela conhece a história de cor! — exclamou a madame.

Mamãe disse por favor, minha filha, e mandou que eu me sentasse no sofá, porque ela e Madame Rapunzel trabalhariam na mesa da sala, que estava cheia de velas clareando baralhos de vários tamanhos e cores espalhados sobre a toalha bordada. Fui para a janela.

— *Queridas estrelinhas*
que brilhais
nas noites mais bonitas,
eu jamais
deixo esta torre; e espero
enquanto o tempo
corre e corre e não volta nunca mais...

Madame Rapunzel sorriu atrás dos dedos que tapavam seu rosto. E mamãe voltou a mandar que eu me sentasse no sofá.

— Não tive com quem deixá-la, o pai foi resolver uma história...

— Ele é o caçador de *Chapeuzinho Vermelho*.

— Quieta, filha.

— Embaralha, corta com a mão esquerda e separa em três montinhos — disse Madame Rapunzel para mamãe.

Onde estaria o príncipe?

— Aqui está o príncipe — ela mostrou para mamãe, desvirando uma das cartas do baralho.

Apesar de um relacionamento antigo e de um outro que ainda não existia, mamãe estava sozinha no amor, ela disse. E que esse novo amor estava escrito nas estrelas, era alguém que mamãe conhecia em sonhos. Depois, ela repetiu: Embaralha, corta e separa em três montinhos. E então se levantou e sumiu lá para dentro. Levantei depressa, para perguntar a mamãe por que ela tinha dito que íamos à casa da Rapunzel; aquela não era a Rapunzel! Mamãe respondeu que a cartomante se chamava Rapunzel. O que eu queria que ela fizesse? E o que é cartomante?, perguntei. E mamãe disse que depois ela explicava. E a Rapunzel de mentira já vinha voltando à sala com os olhos cobertos pela mão. E eu comecei a achar que aquela devia ser a mãe da Rapunzel, que acabou ficando na companhia da bruxa enquanto a filha se casava com o príncipe e era muito feliz.

— Não são bonitos os baralhos? Um dia vou jogar pra você... — ela disse, olhando pra mim, e mamãe e a mãe da Rapunzel sorriram.

O que seria aquela mancha escura no cabelo dela? Ela passou o dedo por cima e disse que era o nome do seu príncipe:

— Homem a gente bota na cabeça que não vai perder — falou, e rodou os olhos pra trás ficando cega.

Eu não tinha perguntado... como ela respondeu? E continuou falando: contou que escrevia todos os dias o nome dele no couro cabeludo. Devia ser o nome do lenhador, que fez o bercinho da Rapunzel e depois eles ficaram sem a filha. Mas onde estaria o lenhador? Mamãe me olhava fazendo um bico com a boca, tem vários sinais para eu ficar quieta, esse é um deles. Mas eu não tinha dito nada... A mãe da Rapunzel que tinha virado cartomante voltou a falar:

— Esse novo amor tem muitos obstáculos na vida, mas está bem interessado. Você é invejada, sabia? Mas terá surpresas felizes. Uma amiga morena está se aproximando. Seu marido gosta muito de você. E seu novo amor está pensando firmemente em você. Está gostando de você. Ele te imagina com o esposo. Ele não é feliz com a mulher, já houve muita mágoa. Sofreu muito. Tem espírito de ancião.

A bruxa voltou a aparecer com o telefone na mão dizendo que era para a madame. Ela atendeu e imediatamente desapareceu dentro da casa, não antes de falar para mamãe cortar, embaralhar e separar em três montinhos.

Voltei a levantar rapidinho e tentei dizer para mamãe que aquela devia ser a verdadeira mãe da Rapunzel, a que ficou sem a filha porque a bruxa a roubou. Depois a bruxa deve ter roubado também a ela, mãe, porque Rapunzel tinha se casado com o príncipe, e só tinha sobrado a mãe dela, e então pedi para irmos embora. E vai ver a mãe da Rapunzel estava deixando o cabelo crescer para fazer tranças e jogá-las pela janela, para escapar da bruxa. Mas mamãe não queria conversar, disse que depois ela me explicava, e pediu que eu tivesse paciência, a consulta não iria demorar. E lá vinha de novo a mãe da Rapunzel, com a mão cobrindo o rosto.

— Vamos ver se esse homem vai ser seu... Ele está apaixonado. Inexplicável para ele e para você. Ele tem medo do que está acontecendo, está gostando de você mas está assustado. Você está pensativa. Ele está querendo te agradar, mas está tímido. Seu marido gosta de você. Está percebendo que você está diferente. Ele está apaixonado mesmo, te achou bonita, inteligente, atraente. Bateu. Você está desencontrada com isso. Sua filha dormiu.

Não dormi nada, estava tapando os olhos para ver se conseguia enxergar. Mamãe não disse nada porque sabia que eu estava fingindo.

— Crianças não gostam de cartas, mas quando crescem... — E a mãe da Rapunzel voltou a falar só com mamãe: — Ele não está na sua vida por acaso. É um reencontro de vidas passadas. Sua tendência é se apaixonar e a dele também. Sua vida é cheia de encantos, situações novas, muito longa. Embora ele esteja gostando de você, ele vem devagar porque está em estado de choque. Essa história vai começar. Ele vai fazer uma mudança de vida. Está com muita emoção voltada pra você. Ele vai te convidar para passear. Vocês viveram juntos no tempo dos romanos. Não dá para ver qual de vocês morreu na arena dos leões, mas acho que foi ele. É um homem forte, não é? Será que estou confundindo com algum gladiador? Não, é ele, ele mesmo. Leões?

— Na alma, no pensamento, seu novo amor está com você. Vitória com ele. Você está trabalhando muito, tem uma alegria de dinheiro. Seu marido está com sucesso, está bem com você. Sexualmente seu casamento está acabado. O casamento dele não tem atrativo sexual, mas ele não pensa em se separar. Está ciumento de você, ciumento do seu marido. Pensa muito em você, e passeia com a mulher como amigo. O relacionamento vai continuar. Ele está no seu caminho. Para ele ser seu é um trajeto complicado. Mas tem realização. Esse amor tem proteção espiritual. Vai dar certo. É seu com o tempo. A única coisa complicada é que ele tem loucura pela família. Mas vai continuar. Vai engrenar uma história aí. Vai pegar esse amor pelo outro. É destino, vocês dois juntos. Na alma, no pensamento, está com você, direto. Embaralha e corta de novo. Três vezes.

E os montinhos?

— Pensa nele, só nele. Vamos ver se confirma. Não. Não confirma. As cartas estavam tão boas... Corta de novo. Não, não confirma. Não perca as esperanças, volte semana que vem — disse a mãe de Rapunzel, e voltou a desaparecer.

Saco

— *I have a dog. He has a dog. She has a dog. They have a dog.*

— Pronto. Já entendi que todos têm um cachorro, posso levantar?

— Não senhor, agora eu quero escutar a sua pronúncia. *The pronounciation, ok?* Repita comigo: *I have a dog. He has a dog. She has a dog. They...* língua entre os dentes, Vicente. Não é pra botar a língua pra mim, vê lá, hein?... Sou sua mãe, não sou sua coleguinha. Olha onde está a minha língua. Viu? Você vai fazer o mesmo com a sua no momento de dizer o *th* do *they*, entendeu? Repete.

— *They.*

— *They what?*

— Chega!

— A última frase, Vicente, *what do they have?*

— *A dog!*

— Não, Vicente, diga a frase inteira.

— *They have a dooooooog!*

— Parou. Vamos agora para o idioma seguinte. O texto é o mesmo, Vicente, diz a mesmíssima coisa, assim:

— *Ich habe ein Hund. Er hat ein Hund. Sie hat ein Hund. Wir haben ein Hund.*

— *Hund?*

— É, o que tem? Vamos. Repita comigo. Como fizemos com o inglês, vamos fazer com o alemão. Senta direito na cadeira, você está escorregando.

— Por que eu tenho que aprender essas coisas? Meu irmão não aprendeu...

— Aprendeu, sim senhor, você não viu porque na época era pequeno. Mas sabe por que você tem de aprender essas coisas? Para, mais tarde, ser capaz de distinguir os sons dos idiomas. Você sabia que o som é a alma da língua? Pois é. Na passagem de uma língua para a outra, você adquire a noção da música de cada idioma. Quando você crescer e ouvir sons diferentes, vai saber identificar em que língua se está falando, entendeu?

— Onde você aprendeu isso?

— Isso o quê? O método? Em nenhum lugar. Criei. É uma coisa moderna, Vicente. Nunca ninguém teve a idéia de ensinar os filhos desse jeito. Vai dar certo, você vai ver. Vocês não vão perder um som, quer dizer, alguns não tem jeito. Mas pense que a maioria das pessoas é feita de sons perdidos. Mortos. Tem gente aí que vive com a boca vagando, sem som suficiente para poder se expressar. Verdadeiros cadáveres sonoros. E eu não quero que isso aconteça com os meus filhos. Bem, continuando. Mais tarde, quando você crescer e for um homem, não terá mãe do seu lado, a não ser que se case com uma parva. Sabe o que é parva, Vicente? Não, não sabe. Idiota.

— Tá me xingando?

— Não te xinguei. Eu disse que parva era o mesmo que idiota. Inacreditável passar pela sua cabeça que eu tenha te xingado. Presta atenção, Vicente, eu vou te educar, nem que tenha que perder todas as pestanas. Ficar sem um fio em cima dos olhos, ouviu bem? Acho que nunca te contei, mas sabe que eu me preparei para ser mãe? Subi em árvore, joguei bola de gude, fui mordida por marimbondo, foi no cocuruto da cabeça, dói, Vicente, olha, ainda deve ter a marca... Não viu nada, não é? Tem mais: pulei de trampolim, caí dentro de rio, peguei em cobra; estou totalmente preparada, está me entendendo? Então, continuando, agora pare de escorregar, já mandei, senta direito, reto, ereto. Daqui a pouco seu pai vai chegar e vamos ter que parar. A pronúncia em alemão é a mais difícil, a começar pelo eu, o *ich*, mas vamos lá, repita com a boca pequena, não é necessário escancará-la, ao contrário. Olhe para a minha, veja:

— *Ich*.

— *Ichi*.

— Não, Vicente, não é som de "ch", é uma espécie de expiração sonora em que a língua tem de descansar. Ela não faz nada, é como se fôssemos dizer o nosso "i" abrindo bem a boca para os lados numa risada parada, lenta, aí surge a expiração vinda do céu da boca. Vai, tenta!

— *Ichi*.

— Não, vou repetir, e você vai ouvir, prestando atenção, até poder me acompanhar.

— *Ich, Ich, Ich...*

— Bich...a, bich...a...

— Não achei a menor graça, tá me ouvindo, Vicente? Repita, direito!

— *Ichi*.

— Não. Não vai dar. E pare de batucar na mesa. E também de limpar o nariz nos braços. Para isso existe banheiro. Vamos deixar o alemão para mais tarde.

— Hoje?

— Não, para depois, mais adiante. Agora vamos para a próxima. Antes vá assoar esse nariz. Está um nojo.

— Voltou rápido, hein? Se limpou direito? Deixa eu ver. Mais ou menos, não é, Vicente? Nunca enxuga as mãos... Agora presta atenção, esta é mais fácil, olha pra mim, se concentra, tenta ouvir a música do idioma. As palavras cantam, Vicente. *Io ho un cane. Lui ha un cane. Lei ha un cane. Loro hanno un cane.* Sentiu a melodia no ar?

— Está tocando o telefone.

— Deixa que a secretária atende. Vamos repetir, desta vez em italiano. Percebeu que a sonoridade é outra? Sentiu a doçura do idioma? Hein? Fácil, não? Vamos lá, repita comigo. O que foi isso agora? Tinha que cair da cadeira, não é? Desde que sentou não sossegou, se esforçou bastante para que isso acontecesse, não é mesmo?... Se machucou? Não estou achando a menor graça. Volta e senta direito. Amarra o tênis. Imundo esse tênis, depois põe pra lavar. Agora vamos fazer uma pausa. Olha pra mim, vou te contar uma história, Vicente. Presta atenção. Antes de eu ficar te esperando, apesar da alegria e do trabalho que seu irmão me dava, eu vivia pelos cantos, abatida, infeliz, sonolenta. Abúlica. Mal, Vicente. Sabe o que é abúlica? Sem vontade. Sem a menor vontade de nada. Eu também não sabia, não dá para saber tudo. Então resolvi ir ao médico, e depois dele me examinar adivinha o que ele disse? "Tenha outro filho!" Conselho médico, Vicente. E foi assim que você nasceu, como uma esperança, a esperança de devolver a alegria a sua mãe; por pouco você não se chamou Bento. Que quer dizer abençoado, você sabe. Durante todo o tempo que te esperei, eu pedia a Deus que ele me desse um caçulinha sensível, meigo, doce...

— E ele te atendeu, não é?

— É tudo que você tem pra dizer depois do que ouviu? Sabe que você está adquirindo uma mania horrível? Herdada da família de seu pai, que tem sempre uma resposta pronta. A mãe dele então... consegue atacar os nervos dos meus dentes! Vamos continuar, não posso pensar nessa anciã agora. Repita a frase, Vicente: *Io ho un cane. Lui ha un cane. Lei ha un cane. Loro hanno un cane.*

— *Io ho un cane. Lui ha un cane. Lei ha un cane. Loro hanno un cane.*

— Por que falou pra dentro? Não sabe que falar é pra fora? É emitir som? Levanta a cabeça da mesa, Vicente! Já falei não sei quantas vezes que mesa não foi feita para deitar... Bem, só falta a última, a mais fácil de todas, mas a pronúncia não é tão simples quanto parece. Tem uma sonoridade tão bonita quanto a do idioma italiano. Vamos ao espanhol: *Yo tengo un perro. Él tiene un perro. Ella tiene un perro. Ellos tienen un perro.*

— *Perro?*

— É, Vicente. Cachorro em espanhol é *perro*. Qual é a graça? Está rindo de quê? Presta atenção: *Yo tengo un perro...* Vou esperar você parar de rir. Não vejo onde está a graça. Vamos, daqui a pouco seu pai chega e eu tenho de pôr a mesa. Anda, pára de bobagem... *Yo tengo un perro...* Vai cair de novo da cadeira... Pára de se sacudir, garoto! Só falta uma. Vamos. Não estou te machucando, segurei seu braço pra você ficar quieto. Repita comigo, vai:

— *Yo tengo un perro. Él tiene un perro...*

— Pode parar. O que você tem dentro da boca? Mostra! Não esconda debaixo da língua! Um clipe!? Isso é coisa que se faça? Cospe!, vai, cospe!, no cinzeiro! Mas é possível uma coisa dessas? Você não sabe que pode furar a língua com um treco desses na boca? Daí para o tétano é questão de minutos. Deus do céu, é o diabo! E senta direito, tire os cotovelos da mesa. Vamos

21

recomeçar, vai, Vicente, repete: *Yo tengo un perro. Él tiene un perro. Ella tiene un perro. Ellos tiene un perro.*

— *Yo tengo un perro él tiene un perro ella tiene un perro ellos tienen un perro.*

— Péssimo, não é?

— Acabou?

— Por hoje chega.

— Amanhã vai ser o gato?

Natal em Nebraska

Havia muitos anos, perdida no terreno acidentado e inóspito das montanhas, com fome, sede, e espantando búfalos pelo caminho, a família de Jeannie alcançou o Grande Deserto Americano, o estado de Nebraska, que tem como apelidos: Cornhuskers State (Estado de Palha de Milho), Beef State (Estado do Bife) e The Tree Planter State (Estado do Plantador de Árvores).

A viagem foi longa porque eles não conseguiam se situar no retângulo de Nebraska, a vegetação nativa mudava drasticamente de um momento para outro, deixando-os desorientados; pensavam estar subindo o terreno de oeste para leste, quando este ficava exatamente no ponto oposto. Ao chegarem, finalmente, à terra das planícies, o pai de Jeannie, mexendo os olhos em todas as direções e enxugando o suor da testa com o braço, comentou:

— *It's a beautiful place!* (É um lugar lindo!)

— *Oh, yeah!* (Oh, sim!) — disseram as crianças.

Durante um longo período, eles sobreviveram à escassez

de alimentos, a intempéries de toda a natureza, naquele lugar pisado por búfalos, e, com muito esforço (bochechas vermelhas e veias dos braços estufadas), conseguiram pôr de pé o chalé de madeira ao som de "Beautiful Nebraska". Enquanto construíam, sempre entoando a melodia da região, experimentaram uma profusa sensação de comunhão, e volta e meia se abraçavam e se davam as mãos.

Em Nebraska, à exceção de uma ou outra borboleta nativa, nada se move. Os passarinhos reinam na região apenas na época da primavera, voando com extremo cansaço, olhos fechados e bicos voltados para baixo. E os ursos dominam o cenário no inverno, saltando de um lado para outro, engolindo um bocado de neve. As estações em Nebraska são bem definidas, proporcionam abafamento no verão e calafrios no inverno, no entanto, a temperatura é sempre agradável.

O pai de Jeannie é lenhador, a mãe especialista em sopas e caldos de beterraba (o maior plantio da região), e seu irmão é um herói. A fim de tornar-se famoso, arrastara vários animais pelos chifres para dentro de casa, sob aplausos dos pais e de Jeannie. Nesses dias ele podia escolher seu prato predileto: polenta.

Assim que chegaram a Nebraska, Jeannie e sua família perceberam que o comércio de peles era muito ativo na região. Entenderam também que os rios quilométricos (Nebraska possui a maior quilometragem de rios entre todos os estados americanos) eram todos interligados: uma vez se entrando em um deles, passava-se automaticamente ao rio seguinte, e assim sucessivamente, de braçada em braçada, sem jamais se alcançar uma das margens. Dessa maneira, a família de Jeannie desistiu por completo de se banhar nas águas eternas da região.

Impedida de brincar no balanço de varanda (que ficava em Hebron e no qual podiam se sentar vinte e cinco pessoas), Jeannie acostumara-se a falar com a palma das mãos (onde uma linha representava um amigo e a seguinte, um inimigo). Warren, seu irmão, discutia com os chifres dos animais (às vezes, um deles se aborrecia, e Warren era encontrado caído, sem saber dizer o que havia acontecido). Sua mãe cantava para as ervas viçosas e seu pai discutia consigo mesmo, e volta e meia elevava a voz.

Em uma noite de Natal em que o vento sibilava nas orelhas de Jeannie deixando-a confusa, e a ventania crispava para o alto os cabelos dos moradores, ela estava sentada em frente à lareira, esfregando a palma das mãos, quando ouviu um estrondo: pan! Um urso grudara-se ao vidro da janela.

De meias três-quartos e saia escocesa doada pela congregação local, Jeannie gritou para o pai:

— *Daddy! Daddy! A bear!* (Papai! Papai! Um urso!)

O pai, batendo as esporas, empunhou a carabina e, carregando uma lanterna, deu um chute na porta: ela voou e ele mergulhou no escuro. Mal se viu lá fora, deparou com um urso sentado. Acionou rapidamente o gatilho, mas escorregou logo em seguida, abocanhando a neve. Um outro urso havia tentado cumprimentá-lo pelas costas.

Jeannie então saiu correndo, dando voltas dentro de casa, tapando os olhos com as mãos, meias entrando cada vez mais nos sapatos, e foi procurar pela mãe, mas nem sequer teve tempo de subir as escadas, porque viu, sentada na cadeira da cozinha, sua querida *mom* inteiramente envolta em novelos coloridos de lã. E Jeannie voltou a gritar:

— *Daddy! Daddy! What happened with mom?* (Papai! Papai! O que aconteceu com a mamãe?)

E Jeannie chorava, arrancando o gorro e as meias, atirando-os longe. Nesse momento, Warren apareceu a seu lado. Percebendo a situação, seu irmão alcançou a carabina que restava e se lançou na água congelada que caía em leves flocos brancos; ao encontrar o urso sentado, imediatamente lhe deu as costas, e sem abrir os olhos disparou a arma no urso que havia tentado fazer amizade com seu pai.

Em seguida, Warren puxou o pai pelas pernas para dentro de casa, desembaraçou a mãe dos novelos e, arrastando o urso sentado, levou-o junto com ele. Jeannie, já de gorro e meias, batia palmas, cantando "Jingle Bells" chapinhando na poça que se formara ao redor do urso de neve, tentando dançar com ele.

— Não precisa mais dançar, você já teve a sua noite feliz — disse a mãe, voz falhando, pantufas de Mickey, puxando a água da sala.

Essa menina

Vai querer? Cinqüentinha. Trepo legal pra caramba. Treze anos, antes que tu pergunte. Pareço menos, né? Teve um cara que me deu dez, mas tava bêbado e vesgo. Tu vai me cagüetar? Hein? Fala, coroa... Vai me entregar? Tá balançando a cabeça. Não gosta de falar, né? Tô entendendo. Tu pode falar o que quiser e também não falar se quiser, só não vale sermão, sacou? Teve um cara lá onde eu morava que passou uma semana mudão. Todo mundo fofocava. De repente, ele deu um chute na porta de um barraco, e não sobrou neguinho em pé. Passou fogo geral. Olha eu brilhando, viu? Foi o farol do carro que passou, meu chapa. Mas diz... vai querer? Sou limpa, tomo banho todo dia lá no posto, os caras deixam, mas de qualquer jeito tu vai usar camisinha, valeu? Não vai pegar nada porque eu não tenho doença, tô há pouco tempo na zona, fodia mesmo era com o pessoal lá de casa, mas sabe como é, depois saltei fora. Faz tempo que não pinto lá. Larguei o barraco. Já não deve ter ninguém vivo. É gente morta no meio da subida todo dia. Agora sou menina de rua. De Copacabana. Chique pra caralho, né? Gosta de rap, hein, gente fina? Vai ficar aí me olhando, chapado, diz logo senão vou me mandar. Tô cobrando alto? Tô cobrando legal, né? Tem menina aí tirando o dobro. Assaltam o pau dos caras. Foda é diversão. Uma vez, na hora de gozar, um cara começou a gritar: ai, minha mãe!... Me esculachei de rir, e ele me olhou por cima dos olhos. Fiquei com medo de virar paçoca nas patas dele. Mas vai, fala, tô te explorando? Um galo, cara. Diz... Faço por quarenta, pronto, e não se fala mais. Vamos lá? Gostou da minha saia? Roubei de uma loja; moleza. Ela não roda que é pra grudar nos utensílios, tá sabendo, né, malandro?... E das minhas pernas? O que tu achou? O pessoal diz que é roliça; é o que rola, né? Tu acha que meus peitos vão crescer? Tô cansada dessas bostinhas... Valeu a balançada de cabeça! Eu trepo pelos ares, sabe qual é? Vou mostrar quando chegar lá. Vôo parapélvico, tá na moda, já viu? Faço cada pirueta legal, foda de bailarina, padedê, me ensinaram quando viram a minha evolução. Tu vai gostar, eu empolero legal. Teve uma vez que custou, mas também eu tinha cheirado. O cara dizia para eu descer e eu lá em cima dos joelhos dobrados dele, me equilibrando, tentando dar um mortal. Brilhei outra vez, sacou? Manero, né? Mas e aí? Não vai dizer nada? Tá me olhando assim por quê? Ih, de repente, zoou no meu ouvido: tu é tira? É veado? Fala aí, ô meu... Já tô perdendo muito tempo... Tempo é dólar. Já dava pra ter dado uma bimbadinha... O que eu faço com o dinheiro? Como é que eu adivinhei que tu queria saber, né? Foi teu esfrega-esfrega dos dedos. Dou a grana pro meu irmão, ele compra o pó e eu fico com a rapa. Daí, com a rapinha, eu fico pancadona. Então vou sozinha lá pra praia, me deito, e fico toda langostosa na areia. Ninguém adivinha o meu jeito de ser feliz. Comida e roupa eu roubo ou ganho. Sabe que tem muita madame beneferenta por aí, befemerenta, perebenta, sei lá como se diz... Mas aí, cara, tu ainda não decidiu? Tu é brocha? Ou prefere garoto? Voltou a balançar a cabeça, hein? Tu gosta de falar por ela, né? Balança sim, balança não. Prefere coroa? Qualquer mulher serve, né? E aí? Vamos lá! Meu irmão tá me esperando, tenho que passar a grana pra ele. Não posso demorar, ele tem sopro na cabeça. Tu nem calcula... Outro dia ele teve uma viração que eu nem te conto, cara. Levei uma coça que tô até hoje com os dedos do pé extraviados. Ele sempre começa a bater por baixo, por isso meu pé tá nesse estrago. Ah! Mas como é que isso não cruzou minha idéia?... Tu deve ser gringo! Não deve ter entendido porra nenhuma do que eu falei... Dou na minha cara, sim. Mereço uns tabefes. Que que tu tá mexendo no bolso? Vai pintar sujeira, meu camarada? Papel? Pra quê? Tá escrevendo. Veja só. Quer que eu leio? Claro que sei.

Tu é mudo... Legal... Como é que tu faz na hora de gozar? Trintinha, vamos lá!

Wallace

— Mamãe, Wallace me bateu...

— Como, te bateu? Como esse menino te bateu!?

— Ele me empurrou no corredor, me espremeu contra o muro, torceu meu braço e me chamou de menina nojenta.

Mamãe se levantou deixando cair a revista e disse que falaria com papai e que os dois tomariam providências.

Quem sabe conseguiriam a expulsão do monstro Wallace da escola, contava ao telefone para vovó. Em seguida, ligou para minha tia, e também para uma colega de infância. Para a vizinha, contou no corredor. Dona Vilma disse que hoje em dia as crianças já nascem sanguinolentas.

Logo que meu pai chegou, mamãe contou tudo para ele, que ficou me olhando, bufando, o nariz se alargando, deixando os buracos enormes. Quando mamãe terminou, papai disse que resolveria o assunto. Depois, socando uma mão na outra, perguntou:

— Você não fez nada?

Então eu disse que Wallace era grande, moreno, usava rabo-de-cavalo, tinha tatuagem na mão direita, olhos azuis...

— Está bem, pode parar.

Semana seguinte, na volta das aulas, contei para mamãe que Wallace tinha batido na minha cabeça. E quando ela quis saber como foi, falei que ele me empurrou para dentro do banheiro, me chamando de vagabunda, e me mandou sentar na privada e baixar a cabeça, e que aí não vi mais nada, só sentia os tabefes estalando e meus cabelos subindo nas mãos de Wallace.

Pulando da cadeira, mamãe fez argh, e a revista caiu do seu colo. Depois, voltou a telefonar, para papai, para vovó, para minha tia e para sua amiga de infância, e quando bateu na porta de dona Vilma, ela avisou que não queria mais ouvir falar em espancamento de menina, além do que estava ocupada. Tirava cutículas. E fechou a porta.

Ao chegar do trabalho, papai informou que voltariam a entrar em contato com a inspetora. E foi para o banheiro lavar as mãos.

Antes da semana terminar, quando cheguei do colégio contando para mamãe que Wallace tinha abaixado minhas calcinhas e beliscado minha bunda, várias vezes, ela soltou um grito e continuou com a boca aberta, cheia de dentes pontiagudos.

Depois foi para o telefone. Quando terminou de falar com todos, mamãe foi até a porta, abriu-a, ficou com o corpo oscilando e em seguida bateu a porta de casa na cara de dona Vilma.

Assim que papai voltou, nem bem o elevador chegou, mamãe contou o que tinha acontecido. Ao entrar em casa, papai pegou os jornais em cima da televisão e começou a rasgá-los, atirando os pedaços no chão. Depois de acabar com as notícias, sacudiu mamãe pelos ombros, dizendo que tomariam satisfações, empurrou-a para o sofá e ela, na queda, ergueu um pouco as pernas.

Caminhávamos em direção ao colégio, papai, mamãe e eu, quando ele mandou que acertássemos os passos. Marchamos até alcançar o portão de entrada. Lá, encontramos vovó com um cacho de bananas na mão. Me oferecendo uma bananinha, ela disse que esperaria ali fora porque já assistira a muitas lutas de classe.

Entrei espremida entre os dois.

No final do pátio, se encontrava fincada dona Hortênsia, ao lado do pé de manacá. Contam que ela vive sozinha numa casa cheia de gatos porque detesta pessoas. Acha que podem unhá-la.

Ao se verem frente a frente — papai, mamãe e dona Hortênsia —, ele iniciou a história.

— Machucada? — perguntou dona Hortênsia.

Nesse instante, papai me pediu para mostrar. Mamãe e eu, suspendendo minha blusa, levantando a saia, procurávamos.

Não me interrompa, por favor, senhora, ele continuou, dizendo que se as agressões contra sua filha prosseguissem, iria retirá-la do estabelecimento. Com muita brevidade! Dona Hortênsia ouvia, ajeitando a peruca com a palma das mãos. Papai terminou de falar pigarreando, dando a impressão de que em seguida iria cantar, quando mamãe, borbulhando lágrimas, voz falhando, assoou o nariz e, fungando, contou os sofrimentos pelos quais eu vinha passando.

— Deve haver algum engano — disse a inspetora, com olhos subitamente vesgos. — Não temos nenhum aluno com esse nome... Como se escreve?

Sexo

Na nossa casa só pensamos em sexo: minha prima, meus irmãos e eu. Nós duas, minha prima e eu, tínhamos descoberto *Vida sexual*, um livro só sobre sexo, na estante de livros de meu pai. Mas o livro sumiu logo depois. Sexo é uma coisa muito fácil de desaparecer. Impressionante. Até agora não conseguimos ver nada, mas parece que em breve vai acontecer. Gigi, nossa empregada, é mulher da vida. Mas mamãe não pode saber. Gigi ficou de nos mostrar na próxima vez em que Raimundo vier namorá-la. Ela disse que não devia demorar, porque ele sente volúpia genital com freqüência. Não sabíamos o que era volúpia, mas devia ser uma coisa muito legal. Tudo sobre sexo parece que é superlegal. Nós iríamos assistir ao encontro de Gigi com o namorado, lá na rua, à noite, no final da vila, atrás de uma árvore recuada. Ela diz que chega, põe a palma das mãos no chão e fica de costas para o Raimundo, para que ele meta sua alma no céu. Ele prefere assim, sem se verem, dessa forma evitam se apaixonar e depois se odiar. Cara a cara é onde mora o perigo, diz Raimundo, e ele não gosta desse *ménage*. Gigi diz que ele tem muita instrução. Uma vez namorou uma gringa e aprendeu muitas palavras na língua dela.

Na última vez que foram até a árvore, Gigi contou que deu várias cabeçadas, e depois ficou lá desorientada durante algum tempo com a cabeça apoiada no tronco, mas não demorou muito e estava de volta. Antes galo do que chifre, não é, garotada?, comentou, rindo. Depois, disse que isso aconteceu porque Raimundo sabia empurrar uma mulher. Não é pra qualquer um, não, ela falou, e aí se requebrou, dizendo que ele é um grande negão. Na verdade, Gigi disse que essa é a sua profissão, é para o que tem vocação, mas durante o dia tem de usar uniforme e avental, se fantasiar. E aí ela soltou uma gargalhada e se requebrou mais ainda. Sempre que Gigi requebra, suspende a saia, e a calcinha aparece. São quase todas vermelhas. Ela contou que Raimundo é capataz, e todos os outros que ela namora também são trabalhadores braçais. São os melhores, ela diz. Meu irmão maior perguntou o que era capataz. Fodão, Gigi respondeu. E aí meu irmão riu, e minha prima e eu rimos também. O menor puxava o rabo do cachorro. Gigi diz que é feliz porque acertou na carreira. Encontrou o rumo certo desde pequena. Tem gente até hoje no desvio, pensando em casamento, ela ri. Contou que na sua família são todas da área. É ir nascendo e indo pra vida. Nossa donzelice é desflorada, ela disse, e rodou com a cara virada para o céu, abrindo os braços.

Eu, quando crescer, já escolhi minha profissão; minha prima quer ser dentista, não sei de onde ela arrancou essa idéia, e meus irmãos não sabem se querem ser trabalhadores boçais. Mas o tal dia estava chegando, e Gigi prometeu que não só íamos assistir como também podíamos dar uma olhada na arma do Raimundo. É uma arma de porte, ela disse, e tapou o rosto com a mão, sacudindo a cabeça. O cabelo dela não mexeu um fiozinho, durinho. Nesse momento, meus irmãos se interessaram, vi seus olhos se arregalarem. E aí, criançada, que tal?, ela dizia, sambando na nossa frente. Mas ela estava em dúvida sobre quem apareceria nessa noite, se o Raimundo ou o Roberval. Torcia para que fosse o Raimundo porque o membro dele era efetivo, vitalício, e o escambau. Dizia que ele era cheio de si por causa dessas categorias, desses prêmios que ia acumulando em concursos pelo interior. Nos fins de semana, Raimundo tocava pandeiro num conjunto. Parece que numa cidade em que foi se apresentar, ele foi condecorado. Sem querer. Entrou no banheiro errado, e a mulher que estava lá dentro saiu correndo, espalhando por toda a redondeza o portento do Raimundo. Minha prima já não estava achando graça das histórias de Gigi. E meus irmãos se desinteressaram. O menor enfiava o dedo no nariz. Pouco depois, Gigi nos chamou: Vamos, meninada! Rumo ao amor! As estrelas e a lua já estão no céu. Eu estava na porta do quarto dela vendo-a rebolar enquanto colocava argolas douradas nas orelhas e despejava meio vidro de perfume dentro do sutiã. Meus irmãos cochichavam em rodinha. Papai e mamãe, que vivem viajando, nessa noite tinham ido ao cinema na sessão das dez, assistir *Uma odisséia no espaço*, acho que tinha um número na frente que eu esqueci. Mamãe já tinha espremido meu braço antes de sair, dizendo no meu ouvido que eu era a mais velha, que tivesse modos e não desse mau exemplo para os meus irmãos. Na hora de irmos embora, Gigi já tinha prendido o cachorro, apagado as luzes da sala, fechado as janelas e trancado todas as portas. Andávamos pela lateral da casa, afastando os galhos da buganvília, em direção ao portão da rua, quando minha prima e meu irmão disseram que não iam, e empacaram. E que eu também não ia, meu irmão mais velho falou, me acertando um cascudo, e minha prima puxou meu vestido com tanta força que a manga saiu na mão dela. Que é isso, gurizada, disse Gigi, abrindo os braços e chacoalhando as pulseiras. Mas ninguém olhou pra ela. Começamos a brigar aos pontapés, depois nos empurramos, nos mordemos, nos unhamos, caímos em cima das plantas, gritando, arrancando os cabelos uns dos outros, enquanto o menor jogava água na gente e cuspia pedaços de folha. O cachorro, preso lá atrás, latia e dava piruetas. Aos poucos, nossas roupas foram se rasgando, primeiro a da minha prima. A calcinha dela de babado sumiu, ninguém soube onde foi parar. Ela chorava de raiva, puxando nossas orelhas e gritando dentro delas. Depois nos chutou, de bunda branca de fora. Aí, foi a vez dos shorts dos meus irmãos rebentarem. Seus perus balançavam com os empurrões e as caneladas que eles davam. Em seguida, meu vestido novo já sem manga acabou no chão, virando um pano molhado pisoteado por nós, que continuávamos nos estapeando, quando ouvimos um vozeirão:

— A garotada é foda...

Era o Raimundo, ao lado de Gigi.

Cristina

— Aonde você vai?

— Chamar Cristina pra brincar...

— Aquela menina?

Mamãe também não gostava de Cristina, a garota que morava em frente à nossa casa, e que vivia suja, despenteada, com os pés enfiados em chinelos pintados, na varanda de cadeiras e balanço quebrados, e de trepadeiras que esvoaçavam. Além do mais, ela era muito mentirosa, porque dizia que na casa dela moravam o Gato de Botas, que era o cérebro da casa desde que calçara as botas, Rapunzel, que pouco aparecia, enredada que estava nas tranças esperando os gritos da bruxa, e Chapeuzinho Vermelho, que também era hóspede, mas não a víamos porque em vez de mandar pela menina, sua mãe mandava as cestas pelo lobo, que vivia de língua de fora. Melhor do que aquela confusão na floresta e de meterem a avó no meio, e abrirem a barriga de todo mundo... Quanta mentira essa garota inventava!

Apesar de mamãe não gostar de Cristina, achar que ela não era boa companhia para nós, suas filhas, ela veio à nossa casa com um saco de balas na mão, que nos ofereceu mas não aceitamos, e ficou mastigando uma a uma, revirando os olhos, com a boca toda babada, olhando para a nossa cara. Papai brincava de estátua na frente de mamãe, que pedia dinheiro para ele. E minha irmã disse deixa essa menina pra lá. Mas eu não conseguia tirar os olhos de Cristina sugando a baba da boca.

Acho que Cristina demorou a vir à nossa casa porque sabia que ia sofrer. Mas, pelo jeito, gostava de uma sofridinha. Mamãe, desistindo de falar com papai, bateu a porta de casa dizendo que voltaria tarde. Papai foi atrás de dinheiro, segundo disse, e saiu, também batendo a porta. Ficamos a sós com Cristina, minha irmã e eu, e o nosso olhar, se cruzando, faiscou no espaço.

Logo que mamãe desapareceu, Cristina contou que ia a uma festa naquela noite. Que festa, garota?, minha irmã perguntou. Um baile, ela respondeu. Nos jogamos na cama contorcendo-nos de rir. Levantamos em seguida, proibindo Cristina de falar, e dissemos que íamos batizar as bonecas. Antes, mandamos que ela fosse lavar os dedos melecados. Na volta ela quis pegar nas bonecas, mas nós não deixamos. Batizamos todas elas enquanto Cristina não perdia um movimento que fazíamos, parada no meio do quarto, sobre seus pés diminutos, sorrindo a boca falha de dentes grandes.

Depois do almoço, resolvemos brincar de escravo e começamos por ela limpando nossos sapatos. Cristina pôs os sapatos no colo, e enquanto os escovava se despenteou mais ainda, seus cabelos escorregaram, tapando a cara. Quando terminava de escovar o último sapato, pusemos uma venda em seus olhos e mandamos que ela arrumasse os brinquedos, e deixamos que encontrasse onde eles estavam. Cristina começou a rir, dizendo que brincávamos de cabra-cega; minha irmã e eu destapamos seus olhos e perguntamos se na sua casa tinha banheira. Ela balançou a cabeça dizendo não. Então nós contamos que sempre tomávamos banho de banheira porque era um banho relaxante, de envolvente e penetrante fragrância, e nossa pele ficava macia e nosso cabelo crescia. E sacudimos o cabelo na cara de Cristina, depois mandamos que ela o carregasse, enquanto dávamos voltas pelo quarto. Em seguida, a chamamos para conhecer a banheira que ficava na parte de cima de casa, e subimos as escadas rindo e correndo, enquanto ela subia devagar, segurando no corrimão, olhando para os degraus que iam ficando para trás; minha irmã então disse para ela subir depressa porque nosso cachorro podia se soltar e correr atrás dela com os dentes arreganhados. E disparamos escada acima ouvindo o barulho de nossas sandálias de salto batendo nos degraus.

Ao entrarmos no banheiro, minha irmã trancou a porta, e Cristina olhou de relance a banheira, dizendo que já tinha visto. Tentou ir embora, mas a porta estava trancada. Então perguntamos se ela não queria aproveitar e tomar um banho reconfortante e relaxante, e rimos. Já que ela ia ao baile, podíamos lavá-la, massageando-a suavemente, e enxugar seu corpo com uma toalha macia, e ela seria a garota mais bonita e perfumada do baile, e o príncipe ia querer dançar com ela, e rimos mais ainda. Cristina disse que já tinha tomado banho. Não parecia, minha irmã comentou, e voltamos a rir risos altos, e começamos a despir Cristina. Com gestos rápidos tiramos seus sapatos, o vestido, a calcinha, e a empurramos para dentro da banheira. Como ela se debatia, nos molhando, mal-agradecida, baixamos sua cabeça dentro d'água, assim não ouviríamos seus gemidos, e ela retornava cuspindo na nossa cara, então repetíamos o gesto de afundá-la para podermos lavar seu corpo, e cada vez menos Cristina nos atrapalhava. Lavamos praticamente cada fio do cabelo dela. Após dez aplicações de xampu, seus cabelos soltos, brilhantes e macios se misturavam com a espuma cremosa que enchia a banheira. Já tínhamos gastado o que havia do xampu, o sabonete estava fininho, Cristina havia deixado de reclamar, e nós, exaustas, não conseguíamos parar de esfregar seu corpo cheio de garota suja. De repente, ouvimos batidas na porta.

— Já é tarde! O que vocês estão fazendo aí dentro?

Era a voz alta de mamãe. Respondemos que já íamos sair, mas ela insistia nas batidas, então fomos até a porta, entreabrimos uma fresta e explicamos que Cristina tinha pedido para tomar banho. Na casa dela não havia banheira.

— Mas essa menina... eu não disse?

Fechamos a porta prometendo a mamãe que sairíamos rápido, e quando nos viramos Cristina estava na nossa frente, ressurgida das espumas, ajeitando o vestido no corpo, dizendo que nunca mais ia brincar de Gata Borralheira conosco.

Viajando

Mamãe sentou-se no sofá, empertigada, dizendo sabe, meu filha (chama a mim de filha e Ana de filho, explico depois), vamos visitar o papai, e penteou as sobrancelhas com os dedos indicadores. Meus pais estavam separados havia muito tempo. Mamãe conta que um dia ele deu um urro e saiu de casa. Foi trabalhar na Alemanha. Mamãe nasceu na Alemanha, mas ela não gosta de falar de sua infância. Quando perguntam, abana a mão, dizendo: Chega da tristeza, do infâmia e do calamidade.

— Não sei se vocês sabem como é fazer caminhada para trrás... — ela disse.

Ana respondeu que sabia e saiu de marcha a ré, esbarrando no que encontrava pelas costas. Mamãe riu e continuou: também visitaríamos o jardim zoológico, e ele não ficava propriamente no Alemanha... mas não tinha importância porque no Eurropa tudo é um pulinha.

Ana, ouvindo falar em pulo, saiu aos pinotes pela sala por cima das almofadas: queria ver os bichinhos.

Mamãe contava que o caminho era perigoso, teríamos que

43

prestar atenção, alertas como escoteiros para não cair em armadilha emboscada selvagem como burro, imbecis, idiota. Mas, uma vez no Alemanha, ar puro, bosque, pradas, lagos regelados. Achava que eu iria gostar, já me via montado a cavalo, desenfreado pelos campinas, cabelos e alma livre.

— Totalmente desobjugado, Pedrrinha!

E eu disse está bem mamãe e fui para o quarto trocar o pijama. Ela não me deixava dormir de cuecas porque Ana podia ver meu peru. Se bem que ela já tentou, várias vezes.

Fomos para a Europa, para a casa de amigos de minha mãe, que ficava distante da cidade onde meu pai estava. Mal chegamos, ela alugou um carro e entramos dentro dele. Ana começou a chorar com medo da viagem para trás e mamãe mandou que ela parasse com medinha bobinha. E deu uma arrancada tão forte que quase caímos dos bancos, e no mesmo instante a casa ficou menor até sumir completamente; as árvores voavam pelos vidros, no acostamento apareceu um cachorro e logo depois desaparecia um cachorrinho. Mal cruzamos a fronteira do primeiro país, o aerocarro, numa travessia repentina, sofreu um forte solavanco e mamãe exclamou: *Die Brüeke!* E prosseguiu pela floresta dizendo que tinha esquecido do ponte em conserta! Ana desatou a rir e não parava mais, dizendo que sua cabeça ficara repartida na parte de trás, do cocuruto ao pescoço. E não adiantava ela segurar os cabelos com força porque eles queriam se espetar para a frente. Mamãe comentou que era por causa do ventania e Ana continuou rindo. Rindo, Ana piora, porque só se vê gengiva, e ela é completamente desdentada.

— Descobrriu a fonte do risa, *Annelein*?

De vez em quando mamãe chama Ana de *Annelein*, que quer dizer Aninha, e a mim sempre Pedrrinha. Não consegue dizer meu nome de jeito nenhum.

Volta e meia outros carros nos ultrapassavam, comentei com

mamãe, e ela disse que eram bobas, idiotas, bem imbecil. Logo que chegássemos veríamos o papai, e ele ficaria muito contente com a nossa chegada, ela disse, se olhando no espelho do carro enquanto fazia trejeitos com a boca como se tivesse acabado de passar batom, mas ele havia desaparecido desde que paramos na estrada para comer *apfelstrudel*.

Ana aproveitou o balanço do carro para contar para mamãe que havia dias ela não se enxergava no espelho. Nesse momento, o carro trepidou e, ziguezagueando, beirou a ribanceira, os galhos das árvores que ladeavam a estrada bateram com força nos vidros enquanto o carro deslizava rente ao precipício. A morrinha da minha irmã conseguiu desesperar mamãe e deixá-la com um grito oval na boca atônita. Tudo isso eu pensava enquanto mamãe não conseguia encontrar o caminho e volta e meia oscilávamos no abismo, quase despencando. Ana ria, e eu puxei suas orelhas, mandando que calasse a boca. Quando mamãe voltou a encontrar o meio da estrada e Ana ia reclamar das orelhas vermelhas, gritei com ela para que parasse de deixar mamãe zureta. Tenho dito e tenho grito, avisei, dando um soco na cabeça dela. Soquinho.

Nesse instante, mamãe gritou chegamos!, e eu vi uma mancha escura no fundo do horizonte. Uma cidade completamente diferente da que eu tinha imaginado: fria, nublada, sem cor, as árvores desfolhadas espetavam os galhos para o céu sem estrelas e a neve cobria ruas e calçadas. Atolamos logo na entrada. Abrindo a porta do carro, mamãe desapareceu, mas que frrio da puta, disse, e voltou logo em seguida com duas pás, pedindo que eu a ajudasse. Enquanto chafurdávamos no gelo para tirar a neve que cobria os pneus, Ana pulava de uma janela a outra dizendo que Papai Noel ia chegar. É uma idiota.

Assim que entramos na casa e papai nos viu, chamou Ana de *Häaschen*, que quer dizer coelhinha. Enquanto nos abraçava, com o sorriso largo que não saía de sua boca de dentes grandes e desiguais, comentou que tinha bastante trabalho na Alemanha. E mamãe começou a falar fininho. Sempre que mamãe fica nervosa sua voz afina, e em seguida ela canta. Papai se despediu dizendo que estava atrasado para o trabalho.

Mamãe abriu a cortina branca do quarto com a camisola transparente flutuando no corpo, seus dois cocos pendentes, e disse que eu me levantasse, era dia da Páscoa, a aurora clara como a neve, o céu azul, o clima amena e o jardim cheio de bolinhas de chuva esperavam pelas mãos ligeiras de seus filhotinhas. Virei a cabeça para o outro lado. Em seguida, mamãe foi acordar Ana. Com a xaropada de sempre, babou todas as frases para acordar *Annelein*, queridinha, que devia estar com frio com aquele pé descoberta, e passou as unhas na sola dele, e Ana riu.

— Levanta, meu lindinha, o coelhinho botou as ovinhas que espera pelos seus mãos de veluda...

Depois da besuntação nos chocolates, torcendo a saia do vestido, Ana perguntou a mamãe quando iríamos ao jardim zoológico. Mamãe segredou no meu ouvido que viajaríamos no dia seguinte e depois piscou para mim. Ana dizia que queria pegar um leãozinho no colo, e piscou também para mim. Estranhei a dupla piscação, quando Ana tapou o olho e contou que tinha entrado um cisco.

— Eu soprra, *Annelein*... — mamãe disse, e acho que soltou perdigotos no olho de minha irmã.

Merece um pouco de cuspe, é muito chata.

Saímos com destino ao jardim zoológico. Papai não podia nos acompanhar por causa do trabalho. Em segundos, estávamos a toda pela estrada, passando por vales, pastos, rios, vulcões e fósseis. Mamãe conhecia bem seu caminho de menina em direção aos bichos da floresta. Voava sobre seu terra, dizia. Ana cantarolava que iria ganhar um leãozinho e seu nome seria gatinho, e eu pensava em cobras, jacarés, crocodilos; animais que se esticam, aumentam e se escondem.

Mamãe comentava que em breve a primavera chegaria com suas flores inebriando o ar, e cobriria a terra e sua imensidon.

— E o verrde voltarrá verrdejar viçoso a vale... — riu, dizendo que tinha acabado de fazer poema em vê.

Ana aproveitou e falou verruga, e mamãe continuou a rir. E eu resolvi não mais escutá-las até mamãe começar a cantar:

— *Auf der Heide blüht ein kleines Blümelein und das heisst... Annelein!*

Depois, ela pôs a mão para trás e fez cócegas na barriga de Ana.

Várias vezes, o carro, como um pequeno tornado, entrou em turbulências circulares, crispando os campos, desbastando em rotações o que encontrava pela frente. Mamãe disse que prestava serviço à guarda florestal. Era cada barulheira que tudo parecia se espatifar; estalos de galhos se partindo, rebentando ao longo da estrada... Nem sei como os vidros não se estilhaçaram. Ela dizia que era perrita em quebrar galho. Depois de muita quebração, chegamos, finalmente, ao jardim zoológico.

Assim que saltamos, Ana ameaçou correr na frente, mas mamãe disse todos juntas, *Annelein...*

Logo na entrada, encontramos uma imensa gaiola cheia de pássaros. Mamãe, que adora aves, disse, com voz finíssima, que elas batiam linda *plumage*. Parou em frente à gaiola, cantarolou e esperou que lhe respondessem; os passarinhos cantaram de volta para ela. Então mamãe continuou a cantar, e eles também. Em seguida, ensaiou passos de dança, abanando os braços; de repente, gritou que era uma ave-do-paraíso. E pegou a saia com as mãos e começou a rir e a rodar. Ana tentou imitá-la, mas parou em seguida, e enfiou os dedos na boca. Já havia gente à nossa volta. Tentei fazer mamãe sair dali, mas ela me empurrou e continuou cantando, os pássaros também, numa zoeira infernal, ao mesmo tempo que ela rodava cada vez mais e se batia nas pessoas, com a saia levantando.

Jason

— Ângela vem aí! — eu disse, e corri para dar uma última espiada no espelho do banheiro.

Mamãe tirava a mesa. Põe e tira a mesa o tempo todo, está tão treinada que pode fazer isso de olhos fechados. Quando voltei, encontrei mamãe abraçada a um dos pratos, perguntando quem era Ângela. Uma garota, respondi. Jason, meu irmão, descalço, peito nu, passando por mim, empurrou minha cabeça:

— Aí, garoto! — e continuou se jogando nas poltronas. Mamãe diz que Jason está compondo, precisa relaxar para aguardar a inspiração.

Jason tem dezoito anos e eu catorze e meio. Mamãe diz que meu irmão parece artista de cinema. Diz também que o que aconteceu ao Jason foi raro — obra do Criador. A beleza é algo divino, ela agradece, revirando os olhos para o alto.

Eu ainda não cresci, mas parece que um dia isso vai acontecer. Quiseram até me levar ao médico porque continuo do mesmo tamanho; com meu pai também foi assim, e hoje ele é alto à beça, não mais que o Jason. Não sou bonito, mas é possível que eu venha a ficar. Todo mundo muda, mamãe diz. Estou com espinhas, por causa da idade. Também uso aparelho, mas tem data marcada pra tirar. Acho que as espinhas estouram enquanto durmo. É a primeira coisa que vejo ao acordar.

Bem, mas agora a campainha tocou pra valer, e o porteiro, vendo Ângela, deixou-a passar com suas asas. Anjo, Anja, Ângela!

Ela chegou! De óculos escuros. Atravessou a sala batendo as sandálias de salto, com a cara tapada pela bola do chiclete que mascava. Ângela anda como se pisasse em ondas, às vezes se desequilibra e quase cai. Não pude apresentá-la à mamãe e ao Jason porque ela foi entrando direto, e eu atrás. Só deu tempo de eu apontar a porta do meu quarto.

Pensei tanto em Ângela e agora ela estava ali à minha frente engolindo meus olhos. Ainda em pé, ela se dependurou em seus cabelos vermelhos com as mãos de unhas pintadas de roxo, puxando-os cada vez mais para baixo. Gosto mais de Ângela do que do meu time de botão. Do vestido curto, saíam suas pernas longas rabiscadas de corações. Seus peitos ofegantes quase pulavam do decote (correu para vir à minha casa?). Em um deles havia o desenho de uma borboleta que a todo momento ameaçava voar. Gosto mais de Ângela do que de jogar futebol! Ângela tinha anéis em todos os dedos da mão e em alguns dedos dos pés. Brincos de vários tamanhos contornavam a borda de suas orelhas, de onde exalava um perfume fodal (palavra composta por Jason).

De vez em quando, Ângela olhava para a porta. Devia estar preocupada que alguém entrasse e nos visse tão juntos.

Nesse instante, em que ainda estávamos de pé, tentei, sem que ela visse, passar a mão no seu cabelo.

— Larga, garoto! — ela deu uma guinada rápida com o corpo, arremessando longe o cabelo.

Ângela tem um vozeirão. Legal conversar assim: de voz pra voz.

Insisti em passar a mão no seu cabelo (Jason diz que é pra insistir), então ela me empurrou e eu caí pra trás batendo com a cabeça nos tacos. Ângela riu e disse que queria jogar gamão. Ângela é forte, calada, decidida. Sempre quis alguém assim. Peguei o tabuleiro e arrumei as minhas pedras. Ao tentar arrumar as dela, Ângela me deu um safanão e as pedras voltaram a se espalhar. Nova arrumação. Antes do jogo começar, ela perguntou onde era o banheiro, e ficou lá um tempão.

Na volta, sentados na beira da cama, demos início à partida. Jogávamos, enquanto Ângela estourava bola atrás de bola que eu tentava pegar. A cada vez que eu me aproximava, ela a engolia de volta. Jogamos, e Ângela ganhou. No final, levantou-se rindo, batendo com os punhos na minha cabeça. Então eu disse para ela deitar pra fazermos amor.

— Hein?!

Fazer amor, repeti. Ela então, me puxando pelos cabelos, virou minha cabeça pra trás, ameaçando pôr uma das pedras na minha boca para que eu engolisse a derrota. Depois disse que eu era um derrotado, pirralho e burro.

Em seguida, jogou a cabeça pra frente e pra trás várias vezes, afogueando a cara. Quando perguntei o que ela estava fazendo, exclamou:

— Me penteando, idiota!

Nesse instante, girou subitamente o corpo e, numa arrancada, saiu se equilibrando em ondas cada vez mais altas. Minha respiração correu atrás, chamando-a de volta.

Ângela cruzou a sala em direção à porta. Mamãe e meu irmão a acompanharam com os olhos, mas ela continuou em frente, com seus passos desacertados, e, se adiantando, alcançou a maçaneta. Virando-se para trás, tirou a bola da boca, que murchou rapidamente entre seus dedos, e eu estremeci antes dela dizer:

— Alma suja! — Voltou a pôr o chiclete na boca, lambeu os dedos e bateu a porta.

Virei as costas, saí correndo e me tranquei no banheiro, ouvindo mamãe me chamar. No espelho, entre meus olhos confusos, surgiram os nomes Ângela & Jason — dentro de um coração.

O carneirinho

O carneirinho dormia em nossa sala depois de haver comido todo o verde do desenho do tapete. Não deixou uma folhinha. Minha irmã caçula e sua amiguinha americana acocoraram-se embevecidas diante dele. Maureen não fala uma palavra de português, mas todos acham muito engraçado ela não entender nada. Minha irmã dizia que ele era Jesus-carneirinho, e escondia a cabeça entre as pernas. E Maureen olhava para ela e para o carneirinho. Mas que carneirinho mais bonitinho!, mamãe disse se aproximando. Afastando o jornal do rosto, papai comentou que aquele bovídeo era manso, passivo e obediente. Em seguida, perguntou por vovó. Mamãe respondeu que ela devia ter ido se deitar, porque já tirara os dentes e desfizera o coque. Minha irmã abraçou-se com o carneirinho, quase levantando-o do chão. Cara a cara com o carneirinho, e segurando suas orelhas, ela dizia que ele tremia e dormia. Larga as pestanas do animal!, papai falou, e voltou a se tapar com os classificados. Maureen sorriu e continuou a olhar para minha irmã e para o carneirinho. Titia, que mal enxerga, pensou que eles conversassem sobre o movimento das ondas do mar. Sem interromper a leitura, papai explicou que não se tratava das cristas espumosas formadas pelo vento, mas sim de um macho de ovelha. Fixando a vista, e de boca aberta, titia não conseguiu enxergá-lo, mas disse que devia ser o cordeiro de Deus que viera trazer paz para a casa, bem-aventurança e vida eterna para todos os membros. Basta!, vou ler no quarto, papai disse, se levantando e se atrapalhando com as folhas do jornal. Estamos fazendo barulho, deixemos o bichinho descansar, mamãe pediu. A empregada, passando pela sala, contou que onde ela mora um bode entrou na casa da vizinha e poluiu todo o quarteirão. Uma fedentina dos diabos!

E o dia se passou com o carneirinho deitado, tremendo, sonhando e sorrindo.

No final da tarde, meu tio, que não trabalha para poder contemplar o mundo à sua volta, chegou assobiando. Depois de examinar longamente a situação, gritou: Oh, um pálido bezerro de ouro! Titia ficou de pé e aplaudiu. Então minha irmã começou a cantar "carneirinho, carneirão, neirão, neirão" e Maureen tentou acompanhá-la, mas minha irmã esqueceu a letra. Nesse momento, papai voltou a aparecer dizendo que precisavam entrar em ação. Pelo visto, o animal encontrava-se contaminado, seria aconselhável ligar para o zoológico. E mandou que mamãe consultasse a lista telefônica. Provavelmente fugiu do cativeiro, disse, e voltou à leitura dos classificados. Os animais atualmente andam incapturáveis, comentou, sem levantar os olhos do jornal. A cobra quis comer o carneirinho, então ele veio voando, entrou pela janela e quase caiu em cima da cabeça da vovó, esmagando-a, sussurrou minha irmã para Maureen, que se entortou para olhar para a amiga. Titia se disse assustada com a correria. Mamãe respondeu que até então ninguém dera um passo. O primeiro seria o dela. E saiu caminhando, caindo logo em seguida com o catálogo nas mãos; folhas amarelas se espalharam pelo chão. Maureen, se abaixando para catá-las, chamou-as de *autumm leaves*. Lambendo os dedos, mamãe desfolhava as páginas amarelecidas, enquanto minha irmã sacolejava e ria, tentando imitar o carneirinho. Maureen também se esforçava por tremer, mas não conseguia. Quando mamãe encontrou o que papai pedira, ele gritou finalmente!, e, atirando o jornal pela janela, mandou que viessem com urgência. Um animal adoentado invadira sua residência! Corríamos perigo de sermos infectados! Titia perguntava qual, qual animal, o cordeiro de Deus?, e ficava rodando a cabeça. A empregada, arrumando a mesa, disse que aquela situação era pior do que o bode da vizinha dela.

Súbito, vovó, embolando os pés na camisola, cabelos furta-cor soltos até a cintura, irrompeu, queixando-se de insônia, se bem que, de olhos fechados, havia visto três fechaduras conversando à boca pequena. E ela havia notado que na verdade as fechaduras se apresentavam umas às outras, ainda não deviam se conhecer. Bravo, mamãe!, papai disse, agitando o jornal no alto. E vovó cruzou a sala atrás do seu copo d'água. Parando em frente ao carneirinho, perguntou o que fazia aquele filhote de camelo esticado no tapete. Quem o havia trazido do deserto? Algum rei mago? Meu tio respondeu que era o carneirinho que faltava ela contar para ascender ao céu.

Carta para mamãe

Mamãe, por que levaram você para o hospital? Só porque tremia? Também estou tremendo, chacoalhando, e não apareceu ninguém para me levar aonde você está, então vesti sua blusa (aquela de bordado nas mangas), pus uma calcinha sua, que tive que enrolar várias vezes na cintura, depois me penteei com sua escova (você deve estar toda descabelada, mãe!) e me deitei para escrever. Não sei se você vai ler esta carta, porque não sei como mandá-la e também porque tudo some nesta casa, mas preciso dizer que as coisas aqui não estão nada bem. Pra dizer a verdade, está uma confusão danada. Papai viajou, de vez em quando telefona e diz: *Behave yourselves*, você conhece a mania dele de falar em inglês. A empregada disse para ficarmos quietos porque nossa mãe caiu doente (acho que ela não precisava falar desse jeito). Anda fazendo comidas horríveis. Outro dia deixou queimar as batatas, e o ovo frito que veio para a mesa era um montinho preto todo chamuscado com as bordas arrebitadas; encolheu, de tanta queimação.

Sabe as "mãos de macaco"? As folhas que você mandou

plantar na bancada da varanda? Pois é, estão sendo arrancadas aos pedacinhos. A empregada disse que são os ratos que passeiam de madrugada pelo muro. Contou que ouve os guinchos do quarto. Você acha que ela precisava falar em guinchos?

Vovó aparece de vez em quando, bolsa pendurada no braço, dizendo para termos juízo e então nos olha, chora um pouco e vai embora.

Meu irmão, outro dia, trouxe uma lagarta para casa e nos chamou; assim que nos viu, pôs a lagarta na ponta da língua e a engoliu, depois caiu no chão se contorcendo, dizendo que a barriga estava pegando fogo. Mandei que ele abrisse a boca, peguei uma revistinha e fiquei abanando. De repente, ele começou a rir, gargalhando na minha cara. E o outro disse que ia matar todo mundo aqui dentro de casa, inclusive o Walter, que acho que entendeu o que ele falou porque botou o rabo entre as pernas e saiu andando agachado. E eu me tranquei no banheiro debaixo da escada. Decorei a bula de um remédio, quer ver?

Nujol é óleo mineral puríssimo, indicado para o tratamento das prisões de ventre. Por não ser absorvido pelo organismo, Nujol não engorda. Sendo um óleo puríssimo e sem aditivos, corantes ou fragrância, Nujol é totalmente inócuo quando utilizado por crianças, adultos e idosos, pois não causa irritações, nem reações. Por isso Nujol pode ser utilizado na pele, pois amacia as áreas ressecadas e ásperas.

Fiquei tanto tempo escondida no banheiro que decorei. Ainda sobre os meus irmãos: os dois juntos cansaram de me bater, puxar meus cabelos, enfiar os dedos nos meus ouvidos, rindo sempre. No colégio, uma garota disse que vai torcer o meu braço até ele virar ao contrário, e outra cuspiu em mim. Acho que durante esse tempo que você está fora é bem capaz que acabem comigo.

Minha tia ligou dizendo que você estava melhor, mas que agora tinha enjôo e tonteira. Falei que aqui em casa tem sal de fruta, que você sempre toma e o enjôo passa. A tonteira eu não sei, você nunca foi tonta, não é agora que ia ser.

Não sei quem deu ordem para você ir parar nesse hospital. Dizem que é muito longe onde você está, parece que é quando termina a cidade e começa a floresta, aí surge um prédio cinza enorme, sobe-se uma ladeira e chega-se à Venerável Terceira. Parece que também é o nome do lugar. Enfim, esse hospital tem vários nomes, igual à gata da minha tia.

Domingo é o Dia das Mães. Já fiz seu presente: um coração enorme com seu nome de flor. Os meninos, não sei, vivem embolados, bufando, caindo de um lado para outro depois que entraram para o judô.

Mamãe: uma casa sem mãe é horrível, parece apagada, desmaiada, o silêncio é muito, tenho até medo de falar assim, mas é como está aqui. Não sei se contei que uma vez, quando a mãe da minha amiga morreu, cobriram a casa dela com panos pretos e apagaram todas as luzes. Nunca vai acontecer isso aqui, não é? Volta, mãe!! A colcha rosa da sua cama, cheia de furos, que você chama de nervurinhas, não tem uma dobra, está lisinha, esperando você se deitar.

Muitos beijos do meu coração que está no fundo, mesmo.

P.S.: Papai chegou de repente, nem falou comigo direito, foi me empurrando até o quarto de vocês para que eu escolhesse no armário seu vestido mais bonito. Você vai a alguma festa, mãe?

Saída da infância

Um breu total, e Lêla tentava me ajudar a encontrar o buraco no chão do quarto. No internato, depois que as luzes se apagavam, ninguém mais podia se levantar para nada.

— Achou?

As outras faziam perguntas em voz baixa enquanto Lêla me guiava pelos ombros e eu me locomovia de cócoras, descalça, segurando a barra da camisola com uma das mãos enquanto tateava as tábuas do assoalho com a outra.

— Então faz em qualquer lugar... — disse ela.

Na noite seguinte à do xixi, deitada na cama, Lêla chorava. Seus pais haviam se separado e a mãe sumira. Me deitei a seu lado e fiz carinho em seu cabelo úmido de lágrimas. Depois de soluçar bastante, ela dormiu agarrada comigo. Foi um custo desvencilhar seus dedos dos meus braços. Ao voltar para a cama, comecei a sentir gatos dentro de mim. Miavam à beça. Não sei se pelo nariz, boca ou peito, o fato é que não me deixavam dormir. Mal conseguia respirar. Melhor chamar a inspetora, disseram. Quase gritei.

À exceção de Silvinha, que era paulista, as outras meninas moravam no Rio. Eu sou de Mato Grosso, da beira do Pantanal. Vivia em cima de carroça porque papai era construtor, engenheiro e dentista. Explico depois a questão dos dentes.

O sino tocou; em dez minutos teríamos que estar em forma cantando o Hino Nacional. Desci escorregando pelo corrimão e quase caí aos pés de Marjorie. Ela era da turma das mais velhas, devia ter muitos anos mais do que eu. Alta, esguia, loura e longilínea. Dentes brancos que pouco se mostravam, a não ser, talvez, no Canadá. Marjorie era estrangeira. Um dia, eu iria morar lá com John e meus filhos Bob and Louise.

O hino terminou e Lêla correu para avisar que o professor me esperava na classe. Entrei bufando e arquejando. Ele perguntou onde eu estava. Sorri sem dizer nada, pensando em Twist, que também moraria conosco. As crianças o adorariam e eu teria de levá-lo para passear porque John estaria muito ocupado, ainda mais quando Twist chegasse com as patas sujas e molhadas por causa da neve que entupia as calçadas. O professor pediu que eu pegasse em seu armário a caixa com figuras geométricas. Saí correndo e, quando retornei, tropecei e me estatelei no chão; se Twist estivesse ao meu lado lamberia meu rosto abanando o rabo. Oh, Marjorie, que linda vida eu teria...

Segundo o ritual do colégio, depois do jantar era a hora do culto. Naquela noite, mal conseguimos cantar. A organista interrompeu o hino para perguntar o que estava acontecendo. Não sabíamos. E quanto mais ela esperava uma resposta, mais ríamos. Baixamos a cabeça e quase nos engasgamos. A moça mandou voltarmos no dia seguinte. No pátio, cambaleando de rir, nos deparamos com o esqueleto móvel que se deteve diante de nós interessado em saber por que desertáramos do culto. Fomos dispensadas, respondemos à inspetora. Deixamos a caveirinha parada, absorta em meio ao jardim.

E se John se tornar ator e nos mudarmos para Hollywood? Então compraremos uma luxuosa mansão e quem sabe vamos construir um canil para o Twist passear em seus novos domínios? Bob and Louise, pulando de alegria, correrão pelo gramado brincando com o esguicho da mangueira que rodopia espalhando água para todos os lados.

Cisa me empurrou e quase dei com os dentes no cimento do pátio. Adeus, Hollywood. Fez isso apenas para me lembrar que aquela era a noite do baile pelado. Como vamos chegar com tudo no escuro?, perguntou, sacudindo meu braço, excitada, doida para ficar pelada.

Marjorie. Eu veria Marjorie nua?... No momento, nada havia para ver em mim senão uma xoxota fina e escalpelada. Cisa perguntou por que eu não respondia.

— *Hello, girls! Bye! Bye!* — Era Miss Dorothy que passava por nós em direção à saída do colégio. Corri atrás dela, chamando-a de volta. Como eu iria para Hollywood com aquela pronúncia de bosta do Pantanal, digo, da beira do Pantanal? Miss Dorothy era excelente professora de inglês.

Na noite do baile conspirávamos, nuas, na escuridão de sempre, encolhidas debaixo das cobertas. Adivinhávamos os passos do sapato de sola de borracha da inspetora percorrendo os corredores. Vistoriava tudo antes de pousar seu disfarce de gente na cama.

O espectro rondava enquanto soltávamos risinhos desnudos sob as cobertas. Silvinha surgiu com uma lanterna. Começamos lentamente a sair das camas. Enquanto Silvinha apressava Clarisse, me enrolei no lençol. Quando elas me viram, me desenrolaram aos empurrões, e o feixe de ossos da inspetora quase veio tremelicar dentro do quarto.

Descemos as escadas escorregando de mansinho, feito lagartixas, colando e nos descolando das paredes, borradas de medo que as luzes se acendessem e o esqueleto balançasse à nossa frente. Ao nos aproximarmos da porta, ouvimos a voz de Tamara, amiga de Marjorie, ordenando que entrássemos imediatamente. A festa começara. Como algas marinhas, vultos se movimentavam na atmosfera do quarto; sombras, fantasmas multiplicavam-se quando, de repente, Marjorie surgiu sob um véu lilás. Marjorie Monroe, Grace Marjorie, Marjorie Garbo... Um dia hei de me marjorizar!...

Uma vela dentro de um cinzeiro clareava a penteadeira. Marjorie fumava? Sorrindo sob o véu, Marjorie Star destapou uma caixa de madrepérola em cujo interior embolavam-se colares. Ao lado da caixa, havia um vidro de lavanda que ela disse ser oriundo de Colônia, Alemanha. Oriundo. Mas Marjorie não era do Canadá? A música tocava e elas dançavam iluminadas pelo facho das lanternas, roçando os corpos, sorrindo. A vitrola era de Marjorie, assim como a música, o sol, a beleza, Hollywood, onde um dia eu estaria, cercada de carros conversíveis, acenando para John enquanto ele entrava no cenário.

Marjorie apareceu com três chapéus. Ajeitou uma boina

na cabeça de Nola, enterrou um chapéu de flores na minha e, afastando a franja de Clarisse, pôs nela um chapeuzinho com renda na frente, que puxou sobre seu rosto. Depois, deixou que usássemos seu perfume. Diante do espelho, espalhamos Fleurs de Rocaille sobre os corpos nus, nos alisando, suspirando, saboreando a saída da infância.

Súbito, descobrimos o batom. Com as costas da mão, enxuguei a boca de Silvinha e caprichei na pintura. Quando terminei, a boca de Cisa esperava, e foi difícil Silvinha acertar o contorno por causa da finura dos lábios. E na vez de Nola passá-lo em Clarisse foi um deus-nos-acuda, porque as luzes se acenderam e o esqueleto, vendo carne de verdade, chacoalhava e gritava nos enxotando.

No dia seguinte, a inspetora pôs a dentadura no trombone e cuspindo bem as palavras disse que perdêramos o direito à saída do final do mês. Mamãe apareceu, e quando se viu a sós comigo aproveitou para me dar uns cascudos e ameaçar me levar de volta aos tuiuiús e aos meus irmãos.

Duas semanas de bom comportamento. Na terceira, porém, alguém deu a idéia de desaparecer com o sino. Fui sorteada para o sumiço. Mal caiu a noite, serviço feito. Depois, confusão, gritaria, o esqueleto desesperado correndo ao nosso encalço enquanto, escondidas no jardim, ouvíamos seus gritos. Subitamente, holofotes se acenderam iluminando o pátio (que novidade era aquela?). Retornamos com a inspetora guinchando que descobriria a responsável por aquele acinte.

Dias depois, me trancafiaram na enfermaria. Da janela, na ponta dos pés, vi as meninas correndo esbaforidas, derrapando, levantando poeira, transportando uma folha de papel almaço. De vez em quando uma delas zunia, cruzando o pátio. Meus pensamentos resvalavam por toda parte.

Pouco depois, escutei leves batidas na porta e a seguir uma folha de papel deslizou sob ela. Enquanto me agachava para pegá-la, meus olhos desceram rápidos: "O abaixo-assinado que fizemos para você continuar no colégio".

Cheia de gatos no peito, escutei o eco dos passos descendo a escada.

Restou o cão

O que você veio fazer, Harry? Que cara é essa? Entra. Fecha a porta, olha o ar-condicionado. Senta. Não quer se sentar? Veio só dar uma passadinha? Estou descabelada, mãos molhadas, porque estava dando banho no cachorro. Ele agora toma banho no nosso boxe. No tanque deixava a área toda cagada. Sei que você não tem mais nada a ver com cachorro, com casa, comigo, mas restou o cão. Cuidado com o pé, Harry, vai embolar a franja do tapete. Sai, cachorro, vai pra cozinha! Senta, Harry, pelo amor de Deus. Não custa sentar um pouquinho. A cadeira não vai desmontar, você mesmo consertou, lembra? O que é? Hein? Fala... Quer um café? Uísque, nem pensar, não é? Não é hora. Por falar nisso, como vão as mulheres? Pode falar, não sou mais uma delas. Assunto de ontem, não é, Harry? Transou com muitas? Maria!, chama o cachorro! Diz, o que você veio fazer? Não vou ficar o dia inteiro olhando pra sua cara que não me pertence mais. Veio dizer o quê? Fala! Qualquer mulher vai exigir que você seja um homem de palavra, sabia? Mas o bicho abriu a porta?! Olha a cinza do cigarro, Harry! Apesar de você não que-

67

rer, vou brindar à sua visita. Tem certeza mesmo de que não quer? Nem um *cowboy*? Última garrafa, das que você deixou. Muito bom, primeira linha, como diz você. Ah! Harry, quer saber o que aconteceu depois que você saiu? Quer não? Claro. Pois tomei um porre com o cachorro. Isso. "Nenhuma mulher vale tanto." Título de filme antigo, hein? Diz... Você entende de cinema. Alguém falou nesse filme, quem foi? Está cagando, não é, Harry? Bem, voltando ao mondo cane: não lembro de detalhes da noite por motivos obviamente ébrios, mas lembro que o cão ficou com soluço. Já viu isso? Antes que eu me esqueça: no dia seguinte ao da hecatombe, seu tio ligou várias vezes atrás de você. Como eu não sabia o seu paradeiro, respondia sempre o mesmo: que você estava no banho. No último telefonema, ele desligou rindo. *Very funny*, hein? Para onde foi nossa alegria, Harry? Lembra quando transamos debaixo da cama? De quem era aquela cama alta daquele jeito? Ah, de sua avó. Ela contou que dormia em cima e seu avô, embaixo. Por falar em família, lembrei da minha. Quando mamãe soube que nos separamos, quer dizer, quando tomou conhecimento de que você tinha saído de casa, me largado — esqueci de dizer que antes do bebum com o cachorro, logo depois que você foi embora, num trajeto elíptico da porta à sala tentei que a cortina envolvesse meu pescoço, mas não deu certo —, ela disse que alguma eu devia ter feito. E não voltou a ligar aqui pra casa. Papai só quer que o deixem em paz, você sabe. E minha avó comentou que eu devia estar *détraqué*, que é o mesmo que sofrer romanticamente. Todos do seu lado, viu, Harry? Não é por nada, não, mas você embolou todo o paninho do braço da poltrona; estica de novo. Sabe que cada vez que falo na minha família me dá uma zonzeira absurda na cabeça? Por que você teve de ir embora? O que deu nos seus miolos, Harry? Piolhos? Desculpe, sei que você não gosta de ouvir falar neles. Me confundi, é de mosquitos que você não gosta. Aquele spray, que todas as noites você borrifava no quarto, acabou me deixando um velcro na garganta. É véu, não é? Não sei se você entende, mas estou muito sem beira. Beira. Já ouviu falar, não é? Você está caolho, Harry? De repente, tive essa impressão. Nossa história de amor foi mais ou menos corriqueira, não foi? Não se fica com quem se ama. Me falaram isso. O que você acha? É verdade? Nosso bebê *pinky* não conhecerá a cor dos nossos olhos. Sonho tanto com ele. Lembra quando o champanhe derramou no meu vestido de noiva e você sussurrou no meu ouvido que seríamos mais felizes do que sonháramos? Você disse isso, Harry. Lindo, não? Mas nem uma gota de verdade. Por falar em gota, espera aí... Desculpe, perdão, mas não vi seu pé, não vi mesmo. Pois é, você não precisava ter falado dentro do meu ouvido como sempre fez. Me deixando toda cuspida. Sabe que outro dia acordei mordendo seu travesseiro? Rasguei um pedaço da fronha e quase engoli sua inicial. Não é para se preocupar, Harry, mas você está com uma palidez fúnebre. Descolorindo com uma rapidez brutal. Como vai a vida nova? Vida velha, não é mesmo? *The old Harry rides again. So many women...* Uma coisa eu garanto, você nunca vai encontrar uma mulher que te dê tanto trabalho... *Never.* Quando eu quebrava a louça na cozinha... *Are you hearing me, Harry?...* É assim que se tem ciúme, sabia? Olha o cachorro aqui. *The dog.* Quer beber de novo, vê se pode. *The dog. The god.* Fala com ele... Por que você se levantou? Já vai? Hein? Vai embora?! Não pode me ver alegre, não é, Harry?

Instruções

Não perdemos por esperar, não é, Fernando? Depois de quase quinze dias sem sabermos seu paradeiro, de tentarmos nos comunicar com você de todas as maneiras, de ligarmos para seus amigos e ex-namoradas, você diz que vai acampar em região de urso? Um golpe, a notícia. Você sabe que o urso que você deve encontrar é um animal de um e oitenta de comprimento e duzentos e setenta quilos? Que tal? E sabe que eles trucidam o que vêem pela frente? É um desassossego a nossa vida, Fernando... Como não posso impedir seu programa, vou acender uma vela para cada dia de acampamento, e estou enviando uma série de instruções. Leia atentamente, e procure segui-las, são fruto de muitos pensamentos noturnos. Diurnos também.

Seu pai está digitando estas linhas porque estou inteiramente sem condições. Você não pode imaginar como eu me encontro. Meus dedos tremem e minhas idéias se desnortearam. Seu pai andou dando palpites, mas entende pouco de ursos.

Dê notícia, Fernando — pelo amor que você tem ao seu cachorro, de quem estamos cuidando dia e noite, pata a pata, pulga a pulga, quantas, meu Deus! —, apesar da neve, do frio e da irritação.

Seguem então as instruções, caso você encontre um desses animais pelo caminho!

1) Não corra, Fernando, Fernando, não corra. É a regra número um da lista. Ursos ganham de qualquer um na corrida, inclusive dos próprios pais, portanto, não há possibilidade de você escapar correndo. Tire a corrida das botas.

2) Não grite. Além de você ficar rouco, ele pode achar que você está dando um grito de guerra, de ataque, e partir pra cima de você, com força, fúria, ronco e tonelada. Lembre-se do seu físico de manga espada. Seu pai não gostou desse "manga espada".

3) Não ria. Aliás, não se deve caçoar de nenhum animal. Eles percebem. E se você rir, ele certamente vai achar que você está rindo dele. Então, espontaneamente ele te morde.

4) Não tente subir em árvore. Primeiro, porque você não vai conseguir, não é do seu temperamento fazer esforço, a tentativa resultará desastrosa. (Seu pai propôs que eu trocasse *será* por *resultará*. Uma bobagem, na verdade, mas aceitei, tudo bem.) Desde a mais tenra infância os ursos adquirem uma espantosa velocidade nessa modalidade de esporte.

5) Não tente assustá-lo com um pedaço de pau ou atirando coisas nele. Ele é inteiramente insensível; foi treinado para resistir à violência humana. Sem contar que tem um couro duríssimo e uma camada de gordura superespessa.

6) Não pense em agredi-lo, olhe o seu tamanho e olhe o dele. Ele é extremamente forte, é capaz de levantar a pata para

se coçar e, sem querer, arrancar sua cabeça. Seu pai acha que fui longe demais neste item.

7) Não faça graça. Você corre esse risco, Fernando! Ursos não têm senso de humor, a não ser quando estão sob a mira de fotógrafos ou das câmeras. E quando são muito bem remunerados. Aqui seu pai fez um pequeno discurso sobre instruções. Ele pensa que elas têm de ser sérias, objetivas e diretas.

8) Não deixe que sua namorada tente seduzi-lo. Sim, porque certamente você já encontrou alguém por aí. Nenhum animal sobre a Terra tem mais certeza do que é ser macho que um urso. Eles só pensam em ursas polacas. Seu pai também não gostou das polacas. Enfim, não gosta de nada do que faço.

9) Não cante. Você gosta, Fernando, cuidado! Ursos têm horror a música. Bramem bem, mas cantam mal. São desafinados de berço, incapazes de tocar um tambor. Cítara, então, nem se fala. Mais um palpite aqui: seu pai não queria que eu colocasse essa frase. Disse que não tem nada a ver. Não sabe de onde tirei a cítara. Não conhece os instrumentos. Cítara, então, nem se fala.

10) Não chore. Você é sensível, Fernando, tente se controlar. Ursos são muito emotivos. Vão querer te consolar, e um abraço deles faz você atingir o céu em segundos.

11) Não toque nele. Evite todo e qualquer molestamento. Seu pai me chateou tanto por causa dessa palavra, Fernando... Mas lá vai ela. Mo-les-ta-men-to. Continuando: desde pequeno você tem mania de pegar em tudo. Vê lá o que pode te acontecer! Ursos não gostam que peguem neles, nesses momentos são

capazes de levar qualquer um à extinção. E sentem um grande prazer realizando essa tarefa.

12) Só uma coisa há a fazer: desinteresse-se, Fernando. Faça como você faz conosco, não ligue. Pegue o baralho e jogue uma paciência. Ele pode se chatear e ir embora.

Meu filho, sou eu. Acabaram de noticiar na televisão um problema num acampamento. Sua mãe não esperou para ouvir a notícia até o final. Está caída aqui ao meu lado no sofá. Não há novidades.

Um beijo do seu pai.

Miss Jaqueline

— Abre a porta aí, Jaqueline, não está ouvindo o pessoal chegar? Vai, deixa de moleza. Leva uma eternidade para ir de um canto ao outro. Agora sai da frente, deixa eles passarem. Vai buscar o café. Não esquece a água. Anda, Jaqueline! Mulher mole, rapaz...

— Aqui o café, Jarbas. O biscoitinho também. É diet.

— Está rindo de quê, Jaqueline? Sabe que eu não gosto de gracinha. Aí, gente, o café está na mesa. Vão se servindo antes de começarmos. Depois não quero ninguém passeando pela sala. Pode ir lá pra dentro, Jaqueline. Não, volta!

— O que é?

— Por que essa cara de retardada? Está imitando sua mãe? Ó, o pessoal está achando graça... Tem gente aqui querendo saber se pagou o mês passado. Olha a contabilidade, Jaqueline...

— Vou buscar o caderno.

— Vê se não demora!

— Já voltei, tá aqui.

— Que "tá aqui", Jaqueline... Está aqui. Mulher do professor e falando desse jeito...

— Está aqui.

— Mas o que está acontecendo pra ter tanto risinho na boca? Está comendo chocolate escondido? Fica toda contente quando se entope, não é? Já avisei, mulher grande quando engorda vira carro alegórico. Que tanto você mexe e remexe essas folhas? Não responde, Jaqueline. Isso, fica acertando com o pessoal. Depressa, hoje tenho de dar muita coisa. A matéria acumulou. Pronto, acho que já podemos começar. Alguém quer beber água ou ir ao banheiro, vai agora. Não quero ninguém levantando enquanto eu estiver falando. Bem, como vocês sabem, aí fora dizem muita asneira, e ninguém sabe nada. Você está me atrapalhando, Jaqueline. Detesto gente em pé do meu lado, além do mais faz sombra no livro. Você sabe disso. É para provocar, não é? Acabou o que tinha pra fazer? Então vai lá pra dentro.

— Jarbas, posso dar um recado?

— Não.

— Mas ligaram...

— Sai, Jaqueline.

— Jaqueline! Você notou que estou ficando gripado? Que história é essa agora, pode me dizer?

— Quer que eu pegue uma aspirina?

— Não estou entendendo... como é que eu estou me gripando? O pessoal aqui já tomou o café, leva a bandeja. Caíram umas coisas aí no chão. Você já ligou pro Jarbinha dizendo que eu quero falar com ele? Está esperando o quê? Que gol do Romário, rapaz! Jarbinha deve estar vibrando... Jaqueline, traz aí pro pessoal meu álbum de desportista. Do tempo em que eu batia um bolão. Está empoeirado, mulher... olha aí... Estão vendo? Tremenda conformação atlética... Pode ir, Jaqueline.

— Jaqueline! Onde está a aspirina? E que barulheira é essa que você está fazendo? Não acha que basta a ave aí embaixo? Ainda dou um tiro nesse juru...

— Vou buscar.

— Te fiz uma pergunta. Que esporro é esse lá dentro?

— Você não pediu pra eu arrumar seus sapatos?

— E precisa fazer esporro? Não sabe trabalhar em silêncio?

— Chamei a empregada pra me ajudar, e ela esbarrou no cabideiro.

— Não sabe fazer as coisas sozinha? Estou dando aula, não está vendo? E o pessoal aqui está pagando. Chega, Jaqueline. Pode voltar. Vai!

— Jaqueline! As pessoas estão indo embora, vem abrir a porta. A mulher hoje está insuportável. Tenho de me levantar. Espera aí, deixa eu destrancar.

— Jaqueline, onde você se meteu? Que armário vazio é esse!? Jaqueline! Jaqueline!

— Que é?

— Por que demorou a responder?

— Estava esperando você parar de gritar.

— E que maneiras são essas de falar comigo?

— São boas as maneiras.

— Não precisa do artigo. Do *as*.

— São boas maneiras.

— O que deu em você? Está me desrespeitando? Lembre-se de que eu tenho o dobro da sua idade e sou seu marido...

— Há doze anos.

— Cheia de respostinha, não é? Chega, Jaqueline, estou com fome.

— Estou indo embora, Jarbas.

— Como é?...

— Isso que eu falei.

— E que jeito é esse de falar com seu marido? Onde já se viu uma coisa dessas, "Estou indo embora"? Com que dinheiro? Hein? Pode me dizer? Com que grana, Miss Jaqueline? Não é assim que te tratavam na sua terra?

— Tenho muito orgulho da minha terra.

— Não diz besteira, ninguém tem orgulho de ser pobre! Você sabe que sem *denarius*, já ouviu falar? — latim, minha coroa, latim! —, sem ele não se dá um pio, um passo, um resmungo... nada! Está aí, agora você vai me dizer quais são seus planos, o que se passa na cabeça da ex-Miss Jaqueline. Que trouxe do interior unicamente o vento que pegou na estrada. Vou até sentar pra degustar suas palavras. Tremendo, cagoninha?

— Larga o meu braço, Jarbas. Está doendo.

— Oi!

— Chegou, filha?

— O que tá acontecendo, mãe?

— Nada. Vai guardar a bicicleta.

Fim da película
(At *the end of the movie*)

Produção: Lori Lost. Sem direção.
Protagonistas: Steve Stupid, Sally Silly e Start (o cão).

Start é o primeiro a aparecer no cenário. É um cachorro de grande porte, com focinheira, que ao cruzar a cena olha fixamente para a câmera, enquanto aparece a legenda: "Esta é uma história cansada".

O filme conta a história de uma moça que se apaixona por um rapaz quando ele está prestes a partir para os campos de batalha (fora chamado pelo pai para trabalhar em uma de suas empresas). Steve, o rapaz, foge e vai com Sally, a moça, para Buraco: uma cidade de fronteira. Os dois almejam tão-somente o vaivém das cenas caseiras.

No decorrer da história, a câmera mostra os sobressaltos, as perseguições, os ataques e contra-ataques de Steve e Sally, onde cada um exige que o outro se esforce ao máximo para ser o que não é. Steve Stupid é um mocinho de músculos de aço, mas capaz de se comover diante de uma borboleta. E essa é Sally, que ziguezagueia pelo cenário até que, como Humpty Dumpty, *had a big fall*. Nesse momento, o cachorro liberta-se da focinheira e, sem nenhum histrionismo na representação, caminha em direção ao casal. A seqüência é de forte impacto sobre os nervos, enquanto para Start abre-se toda uma possibilidade diante do seu focinho. No canto da tela, começa lentamente a saborear a película.

Bambino d'oro

Entra, faz favor. O senhor é amigo do meu filho? Ele ainda não acordou, mas se quiser aguardar uns minutinhos, posso chamá-lo. Não se incomode com a cachorrinha, ela cheira as pessoas mas não morde. Está velha e cega, assim acabam as coisas, não é mesmo? Vá entrando, a casa é sua. Cuidado, não vá tropeçar no banco, se machucar... A moça esqueceu de colocá-lo no lugar... Pronto, pode passar. Sente-se, por favor, a poltrona está velha, esfiapada, mas está limpinha. Como é mesmo o seu nome? Romeu? Como o da história de amor? Veja só... Aceita um cafezinho? Entendo. Escurece os dentes, não é mesmo? Assim diz meu Antônio. Ele só toma ao acordar, depois, adeus. Esse hábito deixa os dentes num estado lastimável, o senhor já reparou? Quer que eu desligue o ventilador? O vento não está incomodando? Está quente, não é? Antônio chegou tarde ontem à noite. Rapaz solteiro não tem sossego, o senhor sabe, elas ficam atrás, não é mesmo? Ele deve ter perdido a hora. É raro acontecer. Antônio é responsável, cuidadoso com a saúde, e muito sistemático. O senhor acredita que ele pendura as camisas nos cabides pela cor, pelo comprimento e pelo nome das lojas? Outro dia passei a tarde guardando todas elas. No final da arrumação estava um tanto indisposta, mas consegui terminar a tempo de Antônio encontrar tudo em seus devidos lugares, como ele gosta. Quer que eu vá chamá-lo agora? O senhor pode esperar. Está bem. Antônio se interessa por tudo. Imagine que ontem, ao acordar, ele quis saber quais eram as propriedades do melão. Veja o senhor... Uma ocasião, me vendo cozinhar, perguntou se a parte nobre da cebola era o centro ou a periferia. E outro dia veio com uma história sobre formigas. Mas essa eu precisei escrever, senão não ia me lembrar. Deixa eu pegar o papel. O senhor quer ouvir? Está bem. Onde será que eu pus esse papel? Ah, achei, estava dentro do forno. Foi assim que meu filho falou: Mamãe, as formigas vivem em fila, portanto, operam em ordem. Quando alguém interfere, elas saem em todas as direções. Você já viu isso acontecer, não é?, ele me perguntou. A vida toda, respondi. Agora vem a parte difícil do que ele queria dizer sobre as formigas. Espere um pouco, seu Romeu, não estou conseguindo entender minha letra, pronto, já sei, ele continuou assim: Essa saída enlouquecida — das formigas, o senhor está acompanhando, não é, seu Romeu? — seria uma forma delas desnortearem o predador? Então, como ele viu que eu não ia dizer nada porque não sabia, não tinha entendido, e estava muito confusa, ele concluiu: A formiga vive em ordem e se defende no caos. Pronto, acabou. Até ler cansa. Agora veja o senhor como o meu filho pensa em tudo. Até em formigas. E faz perguntas, o senhor há de convir, que eu não tenho estatura para alcançar. O senhor ri, seu Romeu? São difíceis. Será que hoje é dia de dentista? Acho que não, Antônio teria me avisado. Ele vai ao dentista todas as semanas, faz mais de oito anos. Não se descuida. Meu único medo é que ele venha a se engasgar com uma provisória. Já tem várias na escala dental. Porque quando Antônio ri ele costuma aspirar todos os dentes. Não sei por que ele faz assim, nem o dentista sabe, é o jeito dele mesmo. Tenho pavor de engasgo. Certa vez Vitória tossiu esquisito, pensei que fosse engasgo, zás, bati a porta de casa. Terrível, sufocar com o próprio dente, ficar com ele encravado no palácio. Reparei que o senhor gosta de rir. Bom ser alegre assim. Aceita um copo d'água? E um suco, também não? Deve ter se alimentado bem antes de ter tomado a condução. O senhor também é solteiro? Antônio nunca quis compromisso. Eu compreendo, querem aproveitar a vida. Estão certos. E esse anel na mão direita? Meu filho tem um igual. Os moços agora estão usando, não é mesmo? Mas sabe, seu Romeu, Antônio foi um homem feliz. Foi. Despreocupado, alegre e feliz. Cantava dentro de casa. Um verdadeiro corrupião. Ao se aproximar dos cinqüenta, houve uma espécie de revolução na sua personalidade, tornou-se um rapaz sombrio, melancólico, freqüentador de velórios. Foi-se o espírito alazão. Diz que em breve será uma natureza-morta. Veja se é possível... Tem sofrido muito ao acordar. O confronto com o espelho, o senhor sabe. Pensei até em retirá-lo, cheguei a dizer que ia dar para a moça que vem me ajudar. Por falar nisso, sabe que ela me contou que na casa dela nunca ninguém se viu? Imagine uma coisa dessa. Agora o senhor me diga, como essas pessoas sabiam que eram as mesmas?... Bem, mas o resultado foi que Antônio não deixou que o espelho fosse embora. No fundo, acho que ele estava certo. O senhor está mal acomodado, seu Romeu, fique à vontade, estique as pernas, não se preocupe com Vitória, ela se ajeita. O fato é que Antônio tem se surpreendido muito: bolsa debaixo dos olhos, microvarizes nas pernas, descamamentos eruptâneos na sola dos pés. Sustos e mais sustos! E mal consegue me olhar. Devo assustá-lo também, em função da debacle ao qual cheguei, ele diz. O senhor deve saber o que significa essa palavra. Eu tive que consultar o dicionário. Mas perdôo meu filho. Sempre digo a ele que tem de se con-

83

formar. Entregar-se aos anjos. O senhor pode não acreditar, seu Romeu, mas... Prefere ser chamado de Romeu? Está bem. Mas como eu ia dizendo, noutro dia, quase aconteceu uma coisa séria na nossa casa. De um momento para outro, notei que Antônio estava com placas vermelhas espalhadas pelo rosto, logo em seguida ele perdeu a fala, ficou tão nervoso, tão longe de si próprio, que quase me empurrou. Parecia que o meu bebê voltava, gesticulando, desesperado. O senhor ri, seu Romeu? O senhor é tão alegre, sua companhia há de fazer bem ao meu filho; Antônio estava precisando de um pouco de infusão na vida. Mas voltando àquele dia, o senhor sabe que eu senti o coração ferver nas orelhas? Nunca tinha me acontecido. Essa imigração. Pensei que elas fossem explodir. Não fosse Vitória a impedir, não sei o que aconteceria. Pela primeira vez a vi descontrolada. Num acesso de fúria em roda, quis arrancar o próprio rabo, depois, deixou os dentes à mostra a manhã inteira. Na parte da tarde parecia desmiolada nos ladrilhos da cozinha, não dava acordo de si própria, deve ter cansado os maxilares. Após o episódio, Antônio se retirou da sala e trancou-se no quarto. Escutei as pancadas na parede. Quando sofre, costuma bater nelas com os próprios punhos. É muito sensível. Pois bem, seu Romeu, desculpe, Romeu, do jeito que as coisas caminham, melhor dizendo, se precipitam, não sei o que será de nós. O senhor é moço, mas há de ver como é uma derrocagem tremenda. Ainda mais para quem foi belo como o meu Antônio. O senhor deve ter ouvido comentários. Como brilhava o meu menino! Um *bambino d'oro*! Veja, falando nele, apareceu:

— Conversando com mamãe, Julieta?

Logo hoje

— Vem cá, Paulo, me ajuda, acho que vou desmaiar...

— Deitada?

— E daí, Paulo? Nunca viu ninguém desmaiar deitado? Vem cá, estou te chamando, vem, rápido, sinto que estou indo... Não esbarra na cama; senta, com cuidado. Um amolecimento nos músculos, um enfraquecimento na vista, não dá nem pra te olhar, está vendo? Uma fraqueza na cabeça... Vê se eu empalideci. Logo hoje que eu estava com vontade que acontecesse alguma coisa entre nós... Tão raro, não é, Paulo? A última vez você teve uma cãibra na perna que foi um horror. Gania, lembra? Enquanto não saltou da cama e ficou batendo com a sola do pé no chão, não passou. Depois disso não se falou mais no assunto. O que aconteceu que houve esse desinteresse mútuo? Algo me diz que tem relação com esta cidade em que vivemos... No dia que a minha mãe morrer, eu vou morar na serra, na floresta, no mato, em qualquer lugar, contanto que eu não veja o mar. Drenou minhas energias. Seca o líquido dentro do cérebro, sabia? E é justo lá que se formam as vagas do desejo, uma amiga minha falou. A palavra é essa mesmo, Paulo: vagas. Não adianta estranhar. Nunca pensei que elas se formassem no cérebro. Achava que fosse outra a localização. Tem cada calhau, ela diz, que não adianta fingir que não existe, porque vai rebentar. O que você acha? Nada, não é, Paulo?

— Estou ouvindo.

— Por que você continua em pé? Tem alguma coisa contra se sentar? Deve estar pisando no meu anjo da guarda. Olha, tenho a impressão que o desmaio não vai se completar, mas em compensação estou ficando com os ouvidos molhados. Sinto a água se movendo lá no fundo. Não adianta espiar, Paulo, é lá dentro! Encharcados. O que deve ser isso agora? Resto de mar?

— Se enxugou direito?

— Sai, Paulo, não gostei, pode levantar, aliás levanta mesmo, porque o telefone está tocando. Deve ser a Verinha. Corre, deve ter acontecido alguma coisa com ela. Só freqüenta lugares perigosos. Acho que essa menina gosta de assaltante. Aliás, hoje em dia é o que há para se gostar. Vai ser o futuro de todas elas. Mês passado uma moça se casou com um mendigo; ouviu, Paulo? Me contaram essa história.

— Furou o pneu e ela está no meio da rua. Sozinha.

— Não disse? Já deve estar acompanhada. Vai, Paulo, vai, e tranca bem o carro. Vê se consegue driblar os assaltantes, dirija olhando por todos os espelhos, não fique com os olhos parados. Sabe como são os bandidos... se esgueiram. O segredo é, assim que chegar, saltar do carro rapidamente, enfiar as mãos nos bolsos e bater os pés no chão, como se estivesse sapateando. Não sei se você tem força para tudo isso. Primeiro, os caras acham que você não está ligando, depois pensam que você deve estar cheio de escopetas nos bolsos. Me dando as costas, Paulo?

— Conta, Paulo, como foi?

— Troquei o pneu.

— Mas Verinha não vem nem me dar boa-noite... Nesse tempo em que fiquei esperando e te vendo uma infinidade de vezes alvejado e estendido no meio da rua — que demora pra trocar um pneu... santo Deus! —, acho que meus ouvidos secaram. Ouviu o que eu falei? Não vai dizer nada?

— Ótimo.

— O telefone de novo. Vai, Paulo! Deve ser da casa de mamãe. Volta, já atendi aqui. O médico receitou um remédio que só tem numa farmácia onde o telefone não funciona. Dá um pulinho lá, Paulo, não custa. Você sabe que eu não estou conseguindo me virar. O que está esperando? Não fica aí parado, ela pode morrer a qualquer instante... O médico disse que mamãe está com os tecidos murchos. É coisa que se diga? E a mãe dele, não minguou também? Inacreditável. Vai... de carro você chega num minuto, e vê se não demora, porque acho que está acontecendo alguma coisa comigo que eu não consigo detectar... Será que a água em vez de evaporar tomou o rumo do cérebro? Hein? Não se despede, não é, Paulo?

— Comprou o remédio?

— Já levei.

— E mamãe, como estava?

— Dormindo.

— E a enfermeira?

— Acordada.

— Está bem. Agora vou precisar da sua ajuda para ir ao banheiro. Não sei se o desmaio se foi, tampouco se vai sair água em jatos dos meus ouvidos. Vem, me levanta. Vai continuar sentado? Está cansado? De quê, Paulo? Você se queixa muito... Me segura, vai! Com força, puxa, anda! Mas que braço mais molengo. Anda, Paulo, fica firme, o que está acontecendo? Está adernando!?... Pronto, caímos. Deus, que baque! Não dá mesmo pra contar com você. E agora? Quem vai tirar um de cima do outro? Estamos em camadas, Paulo. De gordura. Não se mexe nem fala comigo, porque pode piorar a situação. Vamos descansar um pouco e depois a gente vê como faz. Que jeito você vai dar para sair debaixo de mim e me levantar? Não precisa dar sua opinião agora, já escutei sua voz de sufocado. Você caiu de propósito, não foi, Paulo? Para me impressionar. Me mostrar o quanto está exausto. Fala a verdade. Não, não responde, fica quieto, porque você sabe que eu não posso me movimentar. Nossa vida sexual é mesmo um atropelo. Quando acontece alguma aproximação, é desse jeito. Não diz nada, Paulo, muito menos no meu ouvido. Já que você não fala nunca, continua mudo, a hora é essa. A situação está ruim, você sabe que meu tímpano deve estar alagado; amanhã, se der, vou ao médico. Se der. O que foi isso, Paulo? É hora de tentar assobiar?

O espelhinho

Custódio não saía sem o pente e sem o seu espelhinho. Pequeno, redondo, baratinho, comprado em *camelot*, como ele dizia, porque assim as coisas ganhavam outras credenciais. O espelhinho tinha no verso o escudo do seu clube do coração, o rubro-negro tantas vezes campeão. Flamengo! Flamengo!

— Ainda não foi, Custódio?

— Estou indo, estava nas preparatórias, lembrando do mais querido.

— Chega. Vai...

— Não estou parado, Clotilde, estou nos lances finais... — E Custódio se vestia, dançando sozinho, agarradinho com ele mesmo.

— Pára com isso, homem...

— Me preparando pra entrar em campo, mulher, mostrar meus dribles, voltar em grande estilo...

Custódio guardou o espelhinho no bolso, dizendo que, tirando a constelação rubro-negra, os assaltantes eram as grandes figuras da cidade. Pentacampeões mundiais! Excelsos representantes da mediunidade do país! Sempre em campo, atacando por todos os lados. E ele tinha que estar preparado para as mudanças táticas promovidas pelos craques do asfalto. Não dava as costas em nenhum lance, dizia que era como ventilador, sempre se virando, contornando o ambiente. Agia sem alarde, em busca de um final feliz. Espalhou brilhantina no cabelo, enfiou papéis no bolso, pegou o chapéu e foi se despedir de Clotilde.

— Está levando as contas?

— Ora, Clotilde.

— Vai botar esse chapéu?

— Vou, vou...

— Ninguém usa isso! Vão rir da tua cara, cara!

— Que nada, grandes finuras, altas representações, os caras quando viajam usam, pergunta só pra você ver...

— E por acaso você está viajando?

— Vou às ruas, garantir um ingresso, estamos a horas da decisão da taça, da explosão da euforia rubro-negra, Clotilde...

— Olha as contas!

— Deixa comigo.

— E vê se não vai se meter com vagabunda...

— Que vagabunda, minha rameira, onde já se viu?

— Que palavra é essa, Custódio?

— Qual?

— Rameira.

— Rameira vem das ramas, Clotilde, de ramagem, já viu coisa mais bonita do que vir antes de flor? Que pensamentos noturnos, Clotilde...

— Cuidado comigo, hein, Custódio!

— Deixa eu te contar uma coisa que muito vai lhe abismar, Clotilde.

— Agora que estou te vendo de perto, o que houve com a tua cara, está com uns cortes...

— Com a minha, nada, foi a barba, mas com a do Juvêncio, tu não calcula, deram uma coça nele, por causa de mulher, e sabe que ainda levaram a carteira dele com os documentos e a fotografia dos meninos?

— É?

— Tipo porradão.

— Porradão, Custódio? Não está vendo aqui a minha mãe? Mamãe, vai lá pra dentro, não quero a senhora aqui na sala, não, depois eu chamo.

Custódio se desculpou, dizendo que na verdade tinha sido um chute nos colhões, agora se lembrava bem. Cobrança dura, Clotilde. Lembrava até da boca torta do Juvêncio contando.

— Alguma ele deve ter feito...

— Você não sabe como ele ficou, um bico nos ovos, pelo amor de Deus!...

— Acaba logo com a sujeira dessa história!

— Foi uma jogada confusa, os caras armaram, Clotilde. Apesar dele dizer "Olha o ambiente de harmonia, minha gente", não adiantou. Na hora o atacante veio pela direita, Juvêncio driblou o adversário, fez que ia mas não foi, o cara tonteou, mas insistiu, e venceu de virada o Juvêncio. Foram três chutes, o primeiro saiu fraco, o segundo ele defendeu, mas o terceiro... Sabe quando o cara encomprida o lance? Olha só, olha aqui pra mim, Clotilde...

— Ai meu saco...

— ... ele dominou na coxa esquerda, sem deixar a bola cair, e chutou de perna direita, cobrando a falta. Chutão! Na casa do rival. Briga pelo testículo, Clotilde. E o pessoal em volta reverenciando o talento do cara. Mas eles hão de provar do veneno da empolgação...

— Chega, Custódio, cansei da sua falação.

— Mas é português castilho, Clotilde, o repinte da língua,

não estou falando mal de você, não, mas o seu jeito de falar é bem manual.

— Não enrola. Sai! Vai!

Custódio saiu andando devagar, medindo os tacos, e finalmente alcançou a rua. Ficou dando voltas no quarteirão, pensando quão remotas eram as chances de conseguir pagar as contas. Era o retrato do nervosismo rubro-negro, precisava ficar tranqüilo. Afastar os receios. Dias atrás tinha sido uma odisséia. Quando descia a ladeira (camisa do Flamengo no peito) para ir ao banco pagar as contas, tinha apalpado o bolso da calça para conferir se o espelhinho estava no lugar que ele tinha posto, e sorriu, quando sentiu o volume dele. E lá se foi, descendo cada vez mais, esbanjando confiança. E tome descida. Para quem mora no alto, tudo fica muito embaixo e para trás. A molecada zombava dele, aplaudindo-o, e ele tirava o chapéu, cumprimentava e seguia em frente, rua abaixo, achando bom receber esse carinho da torcida. Vida de ídolo é complicada porque o assédio inebria, ele pensou, alcançando a primeira esquina. Lá, sacou do bolso o espelhinho, mas só conseguiu ver retalhos de céu, recorte de roupas, e um embaralhamento de cores e vozes ao seu redor. Uma voz se elevou no meio da multidão:

— Recebeu o recado, flamenguista de merda? Vamos parar de se engraçar com a Rosinha, tá me entendendo? A flor deu no meu canteiro, rego todo dia no capricho, tá me ouvindo?

Custódio se viu cercado por um bando de gente, vendedores ambulantes, garagistas, flanelinhas, até o pipoqueiro estava lá. O clima esquentava a cada minuto.

— O que é isso? Que marcação cerrada é essa, companheiros? Olha o ambiente de harmonia, minha gente...

E o espelhinho girou no ar, se espatifando no asfalto.

Papoulas

— Na nossa família ninguém se fala, já reparou, Arthur? Quem começou com isso? Pode me dizer?

— Hein, meu bem?

— Eu disse que na nossa família ninguém mais se fala, todos se ignoram. Você saberia dizer qual o santo reparador da harmonia rompida?

— Tem?

— Deve ter, não é, Arthur! Sabe qual é?

— Não ouvi falar.

— Como não? Sua mãe não era católica?

— Minha mãe.

— E você em menino não escutava ela dizer santo isso, santo aquilo...?

— Não me lembro da infância.

— Nunca vi ninguém assim... Mas voltando ao que eu estava dizendo, a única pessoa com quem todos falam na nossa família é a empregada.

— Não é da família, meu bem.

— Por que aconteceu isso conosco, Arthur? Que corte súbito foi esse nas relações? Esse desapego total. De repente, ninguém mais se olha, se telefona, todos se evitam... Que ojeriza geral foi essa? E nós com uma conduta exemplar, a vida dedicada ao bem, trabalhando grátis pra Deus...

— Temperamentos fortes.

— Posso pôr o pé em cima do seu?

— Sem fazer cócegas.

— Vou ficar quieta. Pronto, fiquei. Tenho pensado tanto em me acabar, Arthur, é uma vida de muitas incompatibilidades, fora de propósito, desconchavada, depois lembro de você e da Conceição e desisto, mas gatos não sofrem tanto assim, não é? O que tanto você lê no jornal?

— As notícias.

— Quando tudo começou?

— O quê?

— Sobre o que estávamos conversando?

— O dilema do entorno.

— Precisa falar desse jeito?

— Não acha que está exagerando nos biscoitos, Maria Luiza?

— Estou quase acabando. Você não vai largar o jornal? Não estou passando bem, estou meio zonza...

— Então pare um pouco de falar. Eu também ainda estou com um dolorido longínquo no estômago.

— Arthur...

— Hein?

— Olha pra mim.

— O que aconteceu, Maria Luiza!? Hein? Responde. Virgínia!! Essa moça demora a aparecer... Ajude aqui, dona Maria Luiza está passando mal, vamos levá-la ao banheiro. O que está acontecendo, você não consegue ficar de pé, Maria Luiza? Pronto, agora vamos sentá-la, não abaixe a tampa do vaso! Segure-a, vá limpando, vou chamar a ambulância.

* * *

— Estou tão mal, um sopro, e esta barca não pára de jogar, acho que vou enjoar...

— Você está numa ambulância, meu bem.

— Por que você tem mania de consertar o que os outros dizem? Sempre assim. Tenho tanto medo de partir deixando esse silêncio à minha volta, Arthur. Como você vai ficar?

— Sozinho. Mas agora é melhor não falar, já estamos quase chegando ao hospital.

— Sozinho. Gostei da resposta, Arthur. Eu também te amei muito. Você é um homem e tanto. E mamãe queria que eu casasse com aquele macaco... Lembra?

— Pronto, chegamos. Os enfermeiros estão vindo te buscar. O médico que te atendeu em casa virá em seguida. Conte tudo pra ele, não omita nenhum detalhe.

— Até sobre a nossa família?

— Esquece os meninos, meu bem.

— Esquecer meus filhos?

— Por enquanto.

— Conversa um pouco comigo, segura a minha mão, passa a outra no meu cabelo enquanto esse médico não chega, Arthur. Sabe que eu tive uma tia que jogava artigos diante de todas as palavras?

— Isso que é falar difícil.

— Tem um avestruz pequenininho voando aqui no teto. As pessoas podem não ter notado, mas estou vendo perfeitamente. Como ele conseguiu alçar vôo aqui dentro?

— Avestruz consegue coisas incríveis.

— Estou ouvindo um choro na porta. Deve ser um bebê. Não está ouvindo também? Por que você não responde, Arthur? Foi buscá-lo?

— Não, estou aqui.

— Arthur, preciso te dizer uma coisa sobre a nossa relação sexual. Sabe aquela parte de trás do corpo que não é mais a bunda e ainda não são as costas? É um trecho do corpo para o qual não deram um nome. Acho que tem uma profunda ligação com tudo lá de dentro. Como se fosse um istmo. Está preocupado, não é? Estou vendo pelas suas sobrancelhas se juntando e ameaçando vôo. Pois é, durante anos a fio eu esperei que você desse atenção a essa faixa. Toda vez que você passava a mão por cima dela eu sentia como se tivesse um buscapé dentro de mim, subindo num ziguezague alucinante. Por que você nunca se deteve ali? Hein?

— Sou um juiz, Maria Luiza.

— Pára de falar na minha orelha... Então eu não sei que você é um juiz? Que coisa é essa agora...

— Vou esperar lá fora, o médico deve estar chegando. As enfermeiras te fazem companhia.

— Arthur!

— Hein?

— Minha alma está completamente à deriva aqui dentro. Totalmente desencarnada. Já sentou na cadeira, espiou pela janela, abriu a porta do armário, fuxicou as gavetas e agora fez xixi no meio do quarto. Pede pra sua mãe dar um sossego a ela?

— Sim, meu bem.

— O senhor é o marido da paciente que ingeriu um pacote de biscoitos de papoula?

Teatro

A voz é sua, Howard. Não adianta disfarçar. O que você quer? Fala. Esqueci alguma coisa no seu carro? Vai dar mais uma volta nos parafusos da minha cabeça? Rindo, não é? Que graça, maltratar os outros... Vou desligar. Já estou satisfeita. Hein? Claro que fui feliz com você. Agora quero ser infeliz. Escolhi uma nova forma de vida. Vamos ver se assim dá certo. Vou casar com um amigo do meu pai. É, ele mesmo. Sei, sei que ele está se desfazendo, se esfarelando, mas o que é que tem? Velho, feio e manco, isso mesmo, mas não tem importância. Não vai me dar esperanças. Pelo menos, vou ser infeliz para sempre. Já é alguma coisa. E depois, cansei de trepar em motel barato. Espelunca, não é, Howard? Me arrisquei a contrair veneráveis moléstias. Deus sabe como eu me lavava quando chegava em casa. Um dia passei até álcool. Não, não vamos começar a brincar. Não quero mais cair numa profunda alegria... Faz mal, sabia? E também não quero mais gargalhar junto com você na cama. Muito esquisito. Parecíamos macacos alegres. Acelerados, trincados, resfolegando, e depois estertorando às gargalhadas. É feia a coisa.

Não combina comigo. Sou uma mulher educada, e não uma... Como se chama a mulher do chimpanzé? Carmencita?!... Não estou achando graça... E tem mais uma coisa: cansei da sua família. Da falta de olfato da sua mulher. Dos perigos que passaram por causa disso. Do carro que um dia quase pegou fogo, e dela nunca ter sentido seu cheiro de garanhão do agreste. E eu com isso? E também não quero mais saber do seu filho que bate no gato e da sua filha que só come brigadeiro. E o cachorro que vocês tiveram que sacrificar? E o sofrimento das crianças? Enquanto isso a vida passa e a chance da minha própria infelicidade se esvai... Não sou insensível porra nenhuma! Foram três anos acompanhando essa família. Dos diabos! Lembra das promessas que você fez? Casa na Espanha... Onde estava a sua cabeça? Esqueceu nosso salário de bosta? Disse tudo isso, sim senhor! E o carro que você ia me dar? E a minha mãe, que você queria ajudar? E pára de me chamar de bonequinha! Chega! Não vou mais te encontrar, terminou, nunca mais vou ter uma noite feliz... Natal porra nenhuma! Não estou brincando, hein, Howard! Quero a tristeza das tardes mornas e sombrias. Não sei quem disse isso, mas meu espírito caiu pra esse lado. Acabou! Ficar com você é logro, cilada, engano, arriosca. Vi, sim, no dicionário! Vou desligar. Não, claro que não vou mandar beijo. Tchau!

Pronto: decorei.

Os sessenta

— Como foi, Nicanor?

— Nada.

— Ficou todo esse tempo no banheiro e nada?

— Pra você ver.

— Senta, o almoço está na mesa. Precisamos conversar. Como você sabe, eu estou num *pool* de exames. Achei essa palavra interessante: *pool*. Eu só ia ao ginecologista, e de lá à mamografia. Você não tem idéia de como é a mamografia, Nicanor. Mínima idéia. É uma mistura de tecnologia de ponta com técnica medieval. Uma combinação macabra. Esmigalham o peito com máquinas cruéis. Fazem ovo estalado do seio da gente. Aliás, hoje em dia os exames são ferozes. Parece que num deles a pessoa prende o ar até quase sufocar. Ainda vai sair gente morta de algum desses lugares, você vai ver...

— Passa o arroz. O que é aquilo vermelho ali?

— A menina errou. É beterraba, coma só um pouco, contém açúcar. Mas você me interrompeu, eu estava dizendo que estou vivendo de exame em exame. Meu corpo agora é exclusividade médica. Eu já tinha te falado que o ginecologista havia me perguntado há quanto tempo eu não ia ao clínico geral. Já te contei sobre essa consulta. E da decepada na minha vida na geral. Sobraram apenas grelhados, folhas e flores comestíveis. Ouviu, Nicanor? Flores. Essa eu ainda não tinha escutado. Em breve devo me transformar num tipo pastoril. Uma campônia, uma senhora campônia. E você vai presenciar a transformação. Mas continuando... O clínico, por sua vez, me mandou para o cardiologista, que foi aquela sessão de atletismo que também relatei. Um esfalfo. E tudo isso, privada de café. A única substância que restou na minha vida. Ah... Quer ver uma coisa? Dá uma olhada na minha unha do pé. Viu? Dela, acho que vou ficar boa, depois de uma micose de quatro anos. Como eu me dediquei, valha-me Deus. Vai levantar, Nicanor?

— Tenho que dar um pulo no banheiro.

— Deus do céu, você só pensa nisso...

— Voltou? Foi rápido dessa vez. Tudo bem?

— Rebate falso.

— Uma hora vai. Você não tomou todos aqueles remédios? Então... Bem, voltando ao assunto: agora chegou a vez do endocrinologista. E eu quero que você vá comigo. Tenho sentido umas aflições muito esquisitas nessas consultas. Você não quer que eu fale, mas preciso dizer ao menos isso. Não estou te cobrando nada, Nicanor, porque você já me falou que não se conversa sobre a sexualidade de um homem de sessenta anos. Que é uma coisa delicada. Às vezes eu compreendo e às vezes não entendo nada. Não sei de onde você tirou isso, em todo caso o assunto virou tabu. Morreu. Quer dizer... de vez em quando, eu tenho picos fulminantes. Vem feito raio, me espatifando os nervos. É uma espécie de tornado percorrendo o corpo. Sem sede fixa. Depois, graças a Deus, passa. É igual a parar de fumar.

— O paliteiro caiu no chão.

— Eu vi. Tudo agora cai longe, reparou? Não dá para pensar no que se transformou a nossa vida, Nicanor. Soube de uma mulher que, ao fazer todos esses cortes, cortou com a vida também.

— O que adiantou?

— Como, o que adiantou, Nicanor?

— É.

— Voltando ao *pool*: deixa eu te perguntar uma coisa. Te fazer uma consulta. Você não acha que seria o caso de eu aproveitar esta fase e fazer uma plástica? Ter uma velhice menos esboroada? Já caiu praticamente tudo. Nada mais se sustenta. Uma amiga me contou que até as sobrancelhas caem. Ninguém percebe, mas é verdade. Já pensou se chegam a cobrir os olhos? Qual a sua opinião?

— Acho que você está desacertada em relação a sua perspectiva temporal.

— Que frase foi essa, Nicanor? Leu em algum lugar? Hein?...

— Espere um pouco. Já volto.

— De novo?

— E aí, que tal?

— Sofrível.

— Já é alguma coisa. Bem, vamos mudar de assunto. Escuta esta, Nicanor. Me contaram que num jantar, mesa cheia de gente, de uma hora pra outra, um sujeito despejou que tinha sessenta anos. Criou um constrangimento geral. Sabe por quê? Eu tenho pensado muito sobre isso. Reparou que continuamos rondando pelo mesmo terreno? Tudo obedece a uma harmonia. Na natureza, tudo se renova constantemente. Não vê as ondas? Sempre novas, saltitantes, brilhantes. Nós, não. O que é natureza na gente é exatamente o que se esfrangalha. Então, quando alguém diz que tem sessenta anos, agride, está me entendendo? Não combina com o panorama geral.

— Qual vai ser a sobremesa?

— Laranja-lima, e tem outra fruta que também não engorda. Julieta vai trazer.

— E o pudim?

— Que pudim, Nicanor? Então não estou até agora falando sobre o corte geral? Também estou cuidando da sua saúde, você não se dá conta? Na verdade, quem tem sessenta anos é você. Aliás, já ultrapassou a faixa há algum tempo. Eu não. Por falar nisso, quero te fazer um pedido: de hoje em diante, não diga mais a sua idade, é um favor que você me faz porque, além de me comprometer indiretamente, destoa, não combina com o perfil de onde vivemos. Lembra do que conversávamos? Pois é. Se você quiser dizer alguma idade, diga a sua idade ideal. Fica bonito, além de trazer uma mensagem de otimismo e de alegria. Se vivêssemos na Europa, tudo bem, lá a terra é velha, comporíamos com o cenário. Mas aqui, com essa abóbada eternamente azul? Não dá... Eu não digo mais a minha idade, garanto que você nem se lembra; há tanto tempo eu não digo que você deve ter esquecido. Se eu disser, é bem capaz de você se distrair e soltar por aí. Sabe quando vão tomar conhecimento dela? Hein? No dia dos meus sessenta anos. Até falar dói, Deus meu. E sabe o que vou querer de presente de aniversário? Uma missa de corpo presente. Podem vir todos com cara de defunto, mas não vai ter nenhum morto.

— Chega. Estou satisfeito.

— Você não agüenta nenhuma conversa, já reparou? Bem, então estou contando com a sua companhia para me acompanhar ao endocrinologista, ouviu?

— Sucesso desta vez? Aliviado, não é? Amanhã começa tudo de novo. Aproveita e conta pra sua mãe. Apesar de surda, o movimento labial vai deixá-la feliz. Não é preciso correr, Nicanor. Perdemos a hora do médico.

Minha flor

Que agitação é essa, Heloísa? Cantando, afinada... Já passou por aqui várias vezes. É por gosto que está atrapalhando a leitura do meu jornal? Hein? Que roupa é essa? Por que está vestida desse jeito? Para ir à casa de sua mãe? Isso é coisa que se vista? Vai trocar. Por quê? Porque eu disse que é o que você vai fazer, Heloísa. O que você está pretendendo? Diz... Alguma coisa brotou no vazio dos seus miolos, o que terá sido? Namorou o vestido. Sim. Tem certeza de que foi ele mesmo que você namorou? Agora conseguiu comprar, sem fazer prestação, como eu gosto... Bem, bem... Bem porra nenhuma! Ainda me chama igual ao cachorro! Que aliás está uma fera, já falei, qualquer dia come alguém aqui dentro. Vai trocar de roupa, Heloísa! Você ia à casa de sua mãe almoçar com ela e com a sua titica. Ia, porque agora não vai nem vestida de freira. Como se chama mesmo a roupa dos urubus? Hábito! Você podia contrair esse hábito, de vestir coisas decentes, mas o sangue fala mais alto, não é mesmo? A rota da depravação familiar. E não vou parar de sacudir o seu braço! Não estou te machucando porra nenhuma!

Além do mais, o material é meu, ou não é? Lágrima de filhote de jacaré não comove. Caladinha, Heloísa. Responde pra mim: você acha que eu sou otário? Olha bem pra minha cara e vê se eu sou um panaca. Tenho feições de corno? Aparência de veado? Perfil de trouxa? Pois saiba que você tem ao seu lado um macho da mais alta estirpe da zona da praia e da periferia! Grande Rio, Heloísa! Sou seu Redentor, minha flor. Vai trocar de roupa! Não quero mulher nenhuma parada no meio da sala. Aliás, gosto de te ver trabalhando. Me dá tesão. Ouviu bem? O garotão desperta instantaneamente. Falando sério, sabe o que eu acho que aconteceu? Sua cabeça caiu em completo desuso, se é que algum dia teve utilidade. Mas agora faz um esforço, Heloísa, raciocina: caso eu concordasse que você fosse à casa da puta pioneira, como você passaria pelas ruas? Voando? Já pensou nos porteiros, nos garagistas, nos ambulantes, seus colegas de trabalho se aglomerando para te verem passar? Já? Um quitute para o povo! Babel gastronômica! Tira esse vestido de merda!! O que você disse? Vestida desse jeito você se sente mulher? Pois é isso: sua cabeça é um deserto onde rolam pulseiras, colares, vestidos... Não estou batendo na sua cabeça, só dei uns cascudos. E pára de reclamar, que estou tentando te ajudar. E também não estou dando esporro! Esclareço certas coisas que você não alcança. Estou te fazendo um bem. Cumprindo corretamente o meu papel. Como poucos. O pessoal aí fora diz não e não explica. Por falar nisso, tenta me explicar: o que você pensa que é? Sou todo ouvidos, Heloísa. Você acha que é uma samambaia? Uma hortaliça? Uma esponja? Até que de vez em quando você lembra uma, não é mesmo? Você bebe bem, minha flor. Está esperando o que pra mudar de roupa!? Grito, sim, pra ver se derreto a cera do seu ouvido! Escuta bem, Heloísa, enquanto você estiver casada com o campeão — sabe a que eu me refiro, não sabe? Ou precisa de explicação? — do seu marido, você jamais vai sair de aperitivo, está entendendo? Jamais! Não vai esbandalhar o nosso lar, porra! E acho bom dar esse paninho de puta pra sua irmã! Pra piranhinha. Falo assim da sua irmã, sim. É o que ela é! Está se esforçando na carreira, tem de ser incentivada. E não estou xingando ninguém, apenas reconheço um talento. Uma aptidão rara. Arranca esse vestido de bosta!! Estou perdendo a paciência... O que vou fazer com você? Santa Maria, o cacete! Não tiro a mão, não! Já disse que o material é meu, não vou largar, e não adianta gritar, porque sua mãe não dá conta do cardume, quatro já dá pra falar assim, não é mesmo? Que ninguém nos ouça, Heloísa, mas você tem um certo complexo pela sua origem, não tem? Porque na minha família não nasceu nenhum veado. Não, não estou dizendo que todos os homens são veados!... Acabei de citar uma linhagem de machos! Entende tudo errado... Continua surda, Heloísa? A cera ainda não derreteu? Na minha família não nasceu nenhum menino mole. Homens, todos, sem exceção. Uma estirpe de machos. Dá gosto ver os garotos engrossando a voz, encorpando, estufando as veias, o cacete a quatro. Porque hoje em dia a coisa se alastrou de tal maneira... Grassou uma verdadeira epidemia de tobeiros, não acha? É só olhar ao redor. Lá fora, não é, Heloísa!? Mas isso não diz respeito ao campeão. Venha cumprimentá-lo. Tomar a bênção. Está saudoso. É um sentimental, você sabe. Vem cá... deixa eu sentir o seu cheiro, assim, se ajeitando, com calma, devagar, sem pressa, perfeito; observe o ritmo, isso, saboreando, é papa fina, minha flor... Que entendimento, hein? Conjugação total! Dinamizando, Heloísa! Puta que a pariiiuuu!!...

Agora põe o vestido, vamos pra rua comemorar!

Ossos do ofício

Eunice! Feche as janelas. Assim, *doucement*. Puxe as cortinas. As mãos estão limpas, não é mesmo? Permanece ainda uma fresta. Isso. A porta da frente foi trancada? As luzes da área naturalmente estão apagadas. Apague então a do corredor. Obrigada. Chame o cachorro para dentro. Agora vá ao quarto e traga o estojo com as pílulas. Cuide para não esbarrar no porta-retratos com a fotografia de Albert. Está um pouco desatenta esta noite, não, Eunice? Onde estaria a taça com a água? Ah, *merci*. Trêmula, minha boa Eunice? Não é extraordinária esta sinfonia de Mahler? Deixe-a até os últimos acordes. Agora pode se recolher. Obrigada. Boa noite. Lembrou-se de encomendar as orquídeas? Poucas, o suficiente para comporem o buquê. Os véus estão guardados na chapeleira; aninhe-os ao longo do corpo. Os cabelos devem ser penteados com as pontas viradas para baixo. Pajem, um estilo eterno. Ah, sim, a maquiagem. *Pas* de *blush* ou de rímel. Basta uma leve camada de pó. Pó.

Nota do editor

Alguns dos contos deste volume foram originalmente publicados em outros livros. São eles:

"Fim da película", Coleção 5 Minutinhos, eraOdito editora, 2002.
"Restou o cão", *A alegria*, Publifolha, 2002.
"Jason", *13 dos melhores contos de amor da literatura brasileira*, Ediouro, 2003.
"Teatro", jornal *Rascunho*, 2003.
"Wallace", *Boa companhia: contos*, Companhia das Letras, 2003.
"Minha flor", *25 mulheres que estão fazendo a nova literatura brasileira*, Record, 2004.

ESTA OBRA FOI COMPOSTA PELO GRUPO DE CRIAÇÃO EM ELECTRA
E IMPRESSA PELA GEOGRÁFICA EM OFSETE SOBRE PAPEL PÓLEN
BOLD DA COMPANHIA SUZANO BAHIA SUL PARA A EDITORA SCHWARCZ
EM FEVEREIRO DE 2005